ZAZA BURCHULADZE

# TOURISTENFRÜHSTÜCK

Blumenbar

ZAZA BURCHULADZE

# TOURISTENFRÜHSTÜCK

Roman

Aus dem Georgischen
von Natia Mikeladse-Bachsoliani

Mit einem Nachwort
von Nino Haratischwili

Blumenbar

Die Originalausgabe unter dem Titel
*Turistis sauzme*
erschien 2015 bei Bakur Sulakauri, Tbilissi.

This book is published thanks to the support
of the Ministry of Culture and Monument Protection
of Georgia and the Georgian National Book Center

MIX
Papier aus verantwortungsvollen Quellen
FSC® C083411

ISBN 978-3-351-05036-8

Blumenbar ist eine Marke der Aufbau Verlag GmbH & Co. KG

1. Auflage 2017

Gestaltung Vor- und Nachsatz und
Einbandgestaltung Studio Grau, Berlin
unter Verwendung eines Motivs von © Thomas Gieke
Satz Greiner & Reichel, Köln
Druck und Binden CPI books GmbH, Leck, Germany
Printed in Germany

www.aufbau-verlag.de
www.blumenbar.de

Was groß ist am Menschen, das ist, dass er eine Brücke und kein Zweck ist: Was geliebt werden kann am Menschen, das ist, dass er ein *Übergang* und ein *Untergang* ist.

FRIEDRICH NIETZSCHE »ALSO SPRACH ZARATHUSTRA«

In der Sonne kann man sich nicht langweilen;
man badet im Quell der Zeit.

ERNST JÜNGER, »STRAHLUNGEN«

Ich saß derweil in der Dunkelheit an meinem Schreibtisch und dachte an Geheimnisse. Sind Geheimnisse ein Tunnel zu einer Traumwelt, in der man die Ereignisse beherrscht?

DON DELILLO, »WEISSES RAUSCHEN«

Fassbinder begegnet mir auf Schritt und Tritt. In Berlin hängen seit einigen Tagen vermehrt schwarz-weiße Plakate. Darauf verkündet der Regisseur in seiner Lederjacke: »Ich bin meine Filme«.

Fassbinder ist über und unter der Erde, an den Fassaden der Häuser, Werbetafeln, den Wänden der U-Bahnhöfe. In den Kinos läuft in Kürze eine Retrospektive seiner Filme, im Martin-Gropius-Bau ist ihm eine Ausstellung gewidmet. Immer wieder rückt einer ins Zentrum der Aufmerksamkeit und sofort wird das gesamte Hab und Gut des Künstlers in Museumsexponate verwandelt: von den Bühnenkostümen bis zur Zahnbürste. Es hört nie auf. An einem Tag ist es Freddie Mercury, am nächsten Pasolini, der von den Plakatwänden auf einen herabschaut. Jetzt Fassbinder. »Ich bin meine Filme«, ruft es von überall.

Ich würde auch gern behaupten, ich sei meine Bücher, aber außer einem halben Roman und genauso vielen Erzählungen habe ich noch nichts Vernünftiges zustande gebracht. Hätte ich die Möglichkeit, würde ich alle anderen Texte öffentlich verleugnen. Ihr Dasein stört mich nicht besonders, aber ohne sie würde ich mich irgendwie wohler fühlen. Ich weiß nicht, ob es Sinn machen würde zu behaupten: »Ich bin mein halber Roman«.

Vielmehr könnte ich sagen: Ich bin meine Notizbücher. Jedes von ihnen ist ein lückenloser Chronist, meine ganz persönliche Black Box. Eine Art Konservendose, in der nicht Heringe in Öl oder Tomatensauce eingelegt sind, sondern Worte in Zeilen. Nichts gegen Heringe! In meiner Kindheit gab es Konserven, genannt »Touristenfrühstück«; sie gehörten zu den billigsten in der sowjetischen Nahrungsmittelindustrie. Nun produziere ich als ewiger Tourist ein solch billiges Frühstück in Gestalt meiner Notizbücher.

* * *

In Deutschland wird alles genau dokumentiert und nummeriert. Überall werden irgendwelche Papiere verlangt. Nicht mal in der Sowjetunion hatten die Menschen so einen Hang zur Bürokratie. Auch ich muss sehr oft Anträge und Formulare ausfüllen. So wandern die immergleichen Angaben von mir von Akte zu Akte:

VORNAME: Zaal
NAME: Burchuladze
GEBURTSDATUM: 09. 09. 1973
NATIONALITÄT: Georgier
FAMILIENSTAND: verheiratet
KINDER: 3
BERUF: Schriftsteller

So betrachtet man mich von der offiziellen Seite. Wie bei jedem anständigen Menschen muss es auch von mir eine inoffizielle Seite geben. Aber das ist eine andere Geschichte. Ich klinge schon offiziell sehr verdächtig. Zum Beispiel taucht mein Vorname Zaal nirgendwo auf, außer in meinem Ausweis. Durch meinen Familiennamen kann ich nicht belegen, der Sohn meines Vaters zu sein. Soweit mir bekannt ist, hat mein Großvater auch mein Geburtsdatum gefälscht, um mich vor der Einberufung in die Armee zu bewahren. Da mir das Umherziehen genauso im Blut liegt wie den Zigeunern, kann ich mich auch kaum einen Georgier nennen. Es ist nicht auszuschließen, dass ich eines Tages von zu Hause loslaufe und nicht mehr zurückkomme. Oder dass ich mir wie Pierrot le Fou Dynamitstangen um den Kopf binde und der Zündschnur Feuer gebe – ich liebe den Geruch von Napalm am Morgen.

Familie war für mich nie eine Konstante oder ein unveränderlicher Status. Der Zyklus von Heirat und Scheidung gehört schon lange zu meiner persönlichen Selbstdisziplin und Norm. Ich war nie länger als drei Jahre mit einer Frau zusammen. Diese haben mir, wohl auch deshalb, nie lange nachgetrauert. Drei Jahre, das ist die Zeit meiner familiären Thermodynamik, die Lebensdauer meines inneren Familienalbums. Deshalb befinde ich mich in der dritten Ehe. Ich kann nicht mal sicher sein, ob ich tatsächlich Vater von drei Kindern bin oder ob es irgendwo noch weitere Nachkommen von mir gibt. Auch meine Berufswahl stimmt mich oft nachdenklich. Was bewegt jemanden, sich für das Schreiben zu entscheiden? Noch dazu, wenn man weiß, dass dies, abgesehen von wenigen Ausnahmen, eine brotlose Kunst ist. Warum sollte man Schriftsteller werden wollen, im Wissen, dass, selbst wenn man Erfolg hat, Texte auf Waschmittel-, Schuhcreme- oder Hühnchenverpackungen häufiger gelesen werden.

Ich persönlich bevorzuge ohnehin Vor-Ort-Reportagen von großen Ereignissen und aus der Mitte des Geschehens. Und ich habe eine große Schwäche für Antonioni. Deshalb würde es vielleicht eher zutreffen, am Ende des Formulars »Beruf: Reporter« einzutragen.

⋆ ⋆ ⋆

Heute Morgen habe ich mir die erste Dosis Interferon gespritzt. Als Dessert gibt es nachher eine Ribavirintablette. Das ganze Jahr hindurch wird dies meine unerlässliche Routine: Interferon am Montag; Ribavirin jeden Tag, in der Früh und abends.

Zur Interferonbehandlung von Hepatitis-C steht im Internet ganz Unterschiedliches. Die Foren und Blogs sind voller Klagen und Gejammer von Patienten. Manchmal wirkt das wie eine moderne Version von Dantes »Inferno«, nur kollektiv und online verfasst und mit dem Unterschied, dass sich hier nicht der Autor in der Hölle befindet, sondern die Hölle im Autor. Vielleicht ist das am Ende auch das Gleiche. Ich wünsche mir weder das eine noch das andere.

Um hier gleich eingangs etwas Spannung aufzubauen, muss ich mit Shakespeare darauf hinweisen, dass die ganze Welt ein Theater ist und mit Tschechow daran erinnern, dass eine Pistole, die im ersten Akt an der Wand hängt, im letzten abgefeuert werden muss. Dieser Logik zufolge müsste meine am Anfang der Erzählung geschwollene Leber vor dem Ende schlechterdings platzen. Ich habe also eine Zeitbombe in meinem Körper. Und das ist fast eine Schahidische Poesie. Man könnte auch sagen: der Blues des Mudschaheddin.

* * *

Wenn ich nur an Tbilissi denke, wird mir schon heiß. Man könnte meinen, das liegt am Namen der Stadt, der »Heiße Quelle« bedeutet. König Wachtang I. Gorgassali war ein ziemlich weiser Mann, als er damals die Stadt so nannte. Auf der Jagd hatte er in einem bewaldeten Tal einen Fasan erlegt. Das Tier fiel in eine heiße Quelle und wurde vom sprudelnden Wasser sofort gar. Und solange ich dort lebte, hatte auch ich immer das Gefühl zu kochen oder schlimmer: gekocht zu werden. Vermutlich war es purer Überlebensinstinkt, nach Berlin zu ziehen, in die Bundesrepublik, das Land der untergegangenen Sonne. Nun aber scheint mein Nervensystem offenbar einen neuen Ort zu erschaffen, eine Mischung, ein kälteres Tbilissi, ein wärmeres Berlin, ein Berlissi.

* * *

Ding dang dong, ding dang dong … Ich kann und kann mich nicht an das Geläute gewöhnen, das zu jeder vollen Stunde am Ende unserer Straße ertönt. Unserer heißt in diesem Fall – Salomés, Alissa Chihiros und meiner.

Wenn man von der Brunnenstraße in die Gustav-Meyer-Allee einbiegt, steht man nach ungefähr zwanzig Metern vor der Himmelfahrtskirche und dem hohen Glockenturm, der aussieht wie eine Bleistiftspitze. Ganz oben hängt eine kleine Glocke, die jede Stunde läutet, als verkünde sie das Ende der Welt. Nach allem, was passiert ist, werde ich mich wohl nicht mehr damit anfreunden. Sobald sie läutet, läuft es mir kalt den Rücken hinunter, und ich denke, etwas Schreckliches wird sich ereignen oder ist soeben geschehen. Ding dang dong, ding dang dong …

⋆ ⋆ ⋆

Aus unseren Fenstern blickt man direkt auf die hohen Baumkronen des Humboldthains und den Flakturm, der wie ein Atompilz aus dem Park herausragt. Hier waren zu Hitlers Zeiten schweres Geschütz und Funkabhörsysteme der Artillerie stationiert. Solchen Flaktürmen begegnet man in Deutschland immer noch vereinzelt, sie zählen zu den unliebsamen Sehenswürdigkeiten.

Der Turm wirkt auch bei geringem Phantasievermögen erregend, besonders nachts, wenn man von der Aussichtsplattform das wie von Glühwürmchen funkelnde Berlin erblickt. Tagsüber hingegen verdecken die Baumkronen den Blick auf den im Park angelegten Rosenplatz, auf das Freibad und den Spielplatz. Der Humboldthain ist ein großer und erbarmungswürdiger Park mit internationalen Obdachlosen und austrainierten Joggern, die von früh bis spät vor Gesundheit keuchend an einem vorbeirennen. Dabei umweht einen stets ein Hauch Schweiß, der von ihren Körpern dampft. Und dann sind da noch die Bio-Mütter. Sie schieben beim Laufen ihre überdimensionierten Kinderwagen vor sich her. Mit ihren mondfahrzeugbreiten Reifen, der sehr elastischen Federung, den Netzbelüftungslöchern für die Luftzirkulation und den synthetischen Fenstern im Regenschutz haben sie mehr von einem Raumschiff als von einem Kinderwagen.

Ein Kapitel für sich sind die Eichhörnchen, die in jedem Winkel des Parks anzutreffen sind. Manchmal begegnet man auch dem alten Hirsch, der beim Weiden wie die Kuh eines benachbarten Bauern bis zur Liegewiese herankommt.

Die Beschreibung klingt zunächst vermutlich nach Schneewittchenwald, doch der Humboldthain muss neben dem Flakturm noch schlimmere Dinge verbergen. Es gibt keine schöne Fläche ohne eine schreckliche Tiefe. Ein ausgiebiger Spaziergang genügt, um sich davon zu überzeugen. Neuerdings trifft man auf tote Vögel, die daliegen wie buntes Konfetti unter einem Weihnachtsbaum. Ganz verschiedene Vogelarten, mal mit abgehacktem Hals, mal mit zerquetschtem Kopf. Oder gar tote Vogeljungen, auf denen Fliegen sitzen. Irgendwie fühle ich mich hier wie im Film. Hätten Disney und Hitchcock gemeinsam einen Musical-Thriller produziert, beispielsweise mit dem Titel »Schneewittchen und die Vögel«, er hätte eine ähnliche Atmosphäre.

* * *

Ich lebe jetzt schon so lange in diesem Berlin, das wie eine Notdienstapotheke allen rund um die Uhr offensteht, und noch immer habe ich das Gefühl, in Tbilissi zu sein. Mit der Zeit erhärtet sich mein Gefühl, dass jedes Tröpfchen Blut in mir georgisch ist. Jetzt verstehe ich, was Thomas Mann meinte, als er in Amerika sagte, »Wo ich bin, ist Deutschland«. Je länger ich Georgien fernbleibe, desto mehr steigert sich in mir alles Georgische. Zum Glück oder leider geschieht das ganz unbewusst.

⋆ ⋆ ⋆

Schon bald ist Mitternacht. Während ich meine Zähne putze, ist Salomé auf dem Sofa zusammengerollt eingeschlafen. Neben ihrem Kopf liegt der aufgeklappte Laptop. Der Bildschirm ist erloschen. Sie hätte mir kaum eine größere Freude machen können! Besonders, weil sie noch vor zehn Minuten vorgeschlagen hatte, Carl Theodor Dreyer's »Vampyr« zu schauen. Strahlend hatte sie verkündet, die ungekürzte Fassung aufgetrieben zu haben.

Zwar ist es inzwischen unsere Gewohnheit, vor dem Einschlafen noch einen Film zu schauen, aber ihretwegen komme ich mir dabei stets vor wie bei einem Indie-Filmfestival, wo man praktisch nur zwischen der mexikanischen und der rumänischen Nouvelle Vague oder dem chinesischen und finnischen Arthaus wählen kann. In letzter Zeit steht gar die Retrospektive der frühen Stummfilme auf unserem Programm. Ich habe natürlich nichts dagegen, aber hin und wieder sollte man sich auch mal der Massenkultur zuwenden, so wie eine Nonne der Pornographie. Außerdem gibt es ja – zum Glück – noch diese leichtfüßig-anspruchsvollen Filme zwischen Mainstream und Autorenkino.

Ich versuche immer wieder, Salomé für etwas Mittelmäßiges zu interessieren, für etwas, das selbst einem Filmbanausen ans Herz gehen würde. Ab und zu muss einem etwas ans Herz gehen, damit es nicht zu einem Eisklumpen verkommt. Ich persönlich bin sowieso eher der Typ für Melodramen und würde vor dem Schlafengehen lieber »Der Zauberer von Oz« oder zum zigsten Mal »Billy Elliot« gucken. Mit Salomé aber sind Dreyers »Vampyr« und Brownings »Freaks – Missgestaltete« unsere Gutenachtgeschichten. Vermutlich werde ich deshalb von Alpträumen geplagt und nicht wegen des Interferons.

In »Der Zauberer von Oz« gibt es eine Szene, in der der kleine Cairn Terrier Toto auf einem alten Leiterwagen sitzt und Dorothy seine Pfote reicht, kurz bevor sie aufhört zu singen. Als Kind wollte ich so gern dieser Toto sein, und dann sänge Dorothy Gale nur für mich. Das will ich immer noch und manchmal wird es wahr, obwohl »wahr werden« es nicht ganz trifft, aber wenn man sich schon nicht in einen Hund verwandeln kann, kann man doch immerhin ein Hundeleben führen. Mit etwas Glück findet man auch eine Dorothy, die einem vorsingt und einen gelegentlich streichelt. Das sind die Berührungen, die Welten erschaffen. Man fühlt sich wie neu geboren. Für mich handelt diese Szene vom gleichen Moment wie die Erschaffung Adams, überhaupt glaube ich, dass »Der Zauberer von Oz« eine Hollywood-Variante der Sixtinischen Kapelle ist.

Ich hatte in dieser Hinsicht immer Glück. Die Frauen, mit denen ich zusammen war, hatten mehr oder weniger etwas von Dorothy. Zumindest hab ich mich an ihrer Seite als kleines Hündchen gefühlt, und man könnte sagen, dass mich die

Frauen erschaffen haben. Dabei hat mir jede von ihnen etwas sehr Wichtiges und höchst Persönliches mitgegeben. So wie ein Juwelier seinen Schmuck prägt, so hat mich jede Berührung verformt.

Zu »Billy Elliot« könnte man sagen, dass der Film von mir handelt. Die Geschichte von einem sehr lustigen und seltsamen Jungen, der lieber mit den Mädchen zusammen an der Stange die Beine schwingt und Ballett übt, als den Jungs die Zähne einzuschlagen. Ballerinas statt Boxhandschuhe.

Ich mache zwar den Eindruck eines groben und reservierten Typen, bin aber innerlich zartrosa und weich. Salomé hingegen ist eine kleine Frau, so zierlich, dass sie wie ein Maikäfer in eine Streichholzschachtel passen würde. Aber sie hat einen so eisernen Charakter, dass jeder Metalldetektor sofort Alarm schlägt. Deshalb wird sie am Flughafen auch immer sehr gründlich durchsucht.

Leicher hat Stieg Larsson sie nicht kennen gelernt, sonst gäbe es einen weiteren Roman von ihm: »The Girl Who Blows up Alarm Detectors«.

Ich decke sie vorsichtig zu, während sie weiterschläft und schleiche mich aus dem Zimmer. Viel lieber lege ich mich jetzt neben Alissa Chihiro, als mir den »Vampyr« in ganzer Länge anzuschauen.

* * *

Im Real des Einkaufszentrums Gesundbrunnen ist es an Samstagen gewöhnlich so überlaufen, dass man nicht nur eiserne

Nerven braucht, sondern am liebsten gleich ganz aus Stahl wäre, um unversehrt zu überstehen. Besonders turbulent geht es vor den Feiertagen zu. Man könnte meinen, ein Krieg sei ausgebrochen und die Bevölkerung decke sich für mehrere Monate mit Vorräten ein, um sich damit im Keller zu verschanzen. Groß und Klein schieben ein oder auch zwei vollgeladene Einkaufswagen vor sich her und bilden eine endlose Schlange vor der Kasse. In den Wägen liegt alles Mögliche: Schaschlikspieße im Fünferpack und abgewogenes geräuchertes Kalbfleisch von der Theke, frisches Lachsfilet und gefrorene Hühnerschenkel, Katzenfutter und Grillkohle. Ganz zu schweigen von den verschiedenen Wurst- und Käsesorten, sowie den vielen Naschartikeln. Der Inhalt dieser Einkaufswagen würde bei weniger begüterten, kleinen Nationen für ein ganzes Jahr ausreichen. Wobei ein Wagen ausschließlich für Alkohol und Erfrischungsgetränke reserviert ist und so viele Kästen und Träger übereinander gestapelt sind, dass der Käufer kaum noch dahinter zu sehen ist. Wenn es nach mir ginge, würde ich an solchen Tagen eine Neonüberschrift an die Supermärkte anbringen: »Lasst, die ihr eintretet, alle Hoffnung fahren!«

⋆ ⋆ ⋆

Im Wartezimmer von Doktor Floßdorf gibt es schon frühmorgens eine Schlange. Aber die Schwester lässt mich nicht lange warten und ruft mich außer der Reihe auf. Keine Ahnung, warum ich bevorzugt werde. Der Doktor ist wie immer gut gelaunt. Er fragt mich lächelnd, wie ich das Medikament vertrage und holt dabei aus dem randvollen Medizin-Kühlschrank das Interferon heraus. Als wolle er mir ein Stück übriggebliebene Torte anbieten. »Alles in Ordnung«, antworte ich ebenfalls lächelnd.

Floßdorf ist ein älterer Herr mittlerer Größe, der mit seinem bis auf drei Haare am Ansatz kahlen Schädel an den alten Thomas von Aquin erinnert. Er hat rote Wangen wie ein Prinz, weiche Hände und einen kleinen Bauch. Immer in Weiß gekleidet, trägt er auch weiße Pantoletten auf Gummisohlen. Es fehlt nur noch eine weiße Haube und man könnte ihn nicht von einem Bäcker unterscheiden. Ich verstehe nicht, warum er so sehr um mich bemüht ist und warum er mich kostenlos behandelt? Diese Interferon-Therapie ist sehr teuer. In Tbilissi haben sich Menschen in lebenslange Schulden gestürzt, um ihre Leber zu kurieren. Manch einer verpfändet sogar seine Wohnung und hat letztendlich weder Leber noch Bleibe. Dennoch geht das Leben irgendwie weiter. Also, was man auch von Georgien behauptet, immerhin kommt man dort nicht nur ohne Wohnung und Leber, sondern auch ohne Grips im Kopf durch. Schließlich haben wir es bis heute geschafft. Das Wichtigste für uns ist auf jeden Fall das Herz. Wer das Herz am rechten Fleck trägt, dem gelingt auch alles andere, sagt man. Unsere Herzen versorgen nicht nur den Körper mit Blut, nein, sie tun viel mehr als das. Zwar sind sie der Seele ähnlich, aber dennoch nicht ganz Seele. Die ist etwas Ephemeres, deren Existenz man sich nur schwer vergewissern kann. Das Herz spürt man. Und wie man es spürt! Besonders dann, wenn es einem wie ein Kloß im Halse steckt. Solange das Herz schlägt, brauchen wir weder die Leber noch sonst etwas. Wenn aber das Herz stillsteht, gehen auch die Georgier zugrunde. Solange existieren wir irgendwie, mit klopfendem Herzen. Wir zappeln und zucken wie Fische an Land.

In einem gut funktionierenden Staat werden die Kosten für die Interferon-Therapie von der Krankenversicherung getragen. Leider ist Georgien noch nicht so weit. Es gibt bei uns noch keine Krankenversicherung, ob staatlich oder privat, die die Behandlung von Hepatitis-C übernimmt. Dafür haben wir eine »Allgemeine Krankenversicherung«, die jeder Bürger in Anspruch nehmen kann. Zwar bekommt man dafür vom Arzt nicht mal ein Pflaster auf die Wunde geklebt, aber immerhin klingt es ganz respektabel: Die Allgemeine Krankenversicherung.

Doktor Floßdorf ist ein sehr bemerkenswerter Mann: Er hat sich entschieden, meine Leber ohne jegliche Krankenversicherung zu behandeln. Dabei ist er nicht mal auf Hepatitis spezialisiert. Meines Wissens hat er für mich in verschiedenen Kliniken bei seinen Kollegen um Interferon und um Ribavirin gebeten. Und sie haben es ihm gegeben, für mich, einen Fremden. Arzneimittel zu einem Preis, zu dem man in Tbilissi eine kleine Wohnung kaufen könnte. Zwar eine im Randbezirk, aber dafür eine renovierte. Dabei haben mich die noblen Spender nicht mal gesehen. Aber ich frage mich schon, wie das praktisch möglich ist. In Deutschland wird ja alles ganz detailliert aufgeschrieben, gezählt und normiert. Das Interferon und Ribavirin liegt ja nicht auf der Straße herum. Besonders in Berlin, wo man selbst auf Hundescheiße nur selten stößt. Ganz im Unterschied zu Tbilissi, wo überall die Fäkalien unserer vierbeinigen Freunde herumliegen. Und nicht nur die der Vierbeiner, und nicht nur die unserer Freunde. Ich kann mir nicht erklären, wie das Medikament zu mir gelangt ist. Ich glaube, es handelt sich hier um einen veritablen Komplott: Eine Handvoll Mediziner umgehen in gemeinsamer Absprache das bürokratische Gewirr. Sie sind wirklich Ärzte ohne Grenzen.

Bei Floßdorf fällt einem sofort der Doktor Aibolit aus der Geschichte von Kornej Tschukowski ein, der die kranken Tiere mit Schokolade und Goglimogli, also Zucker-Ei, kuriert. Floßdorf ist genauso sonderbar wie Aibolit, auch wenn das Interferon keine Schokolade und das Ribavirin kein Goglimogli ist. Die Behandlung scheint ihm so einen Spaß zu machen, dass er nicht mal die Krankenschwester an mich heranlässt. Jeden Montag setzt er mir eigenhändig die Injektion in den Bauch. Erst wischt er die Stelle am Nabel mit Watte und Alkohol ab und führt dann das halbe Milligramm Flüssigkeit so langsam ein, dass man dabei locker eine Zigarette rauchen könnte.

* * *

Man sagt, den Bürger überkomme besonders nach dem Krieg die Lust auf gute Taten. Eine ziemlich halbgare Weisheit, aus der nicht klar wird, worum es geht: Ehre oder Perversion. Erst kürzlich habe ich dieses Verhalten selbst beobachten können. Ein Demonstrant (mit einer roten Fahne am Holzstiel, zerfetzten Jeans und Armeestiefeln), unterwegs vom Prenzlauer Berg Richtung Kreuzberg zur 1. Mai-Demonstration, erwarb in der U-Bahn am Automaten ganz brav ein Ticket und entwertete es auch noch vor der Abfahrt, ich meine, genau der Typ Demonstrant, der sich bei der Demo höchstwahrscheinlich mit der Polizei prügelt, Bankschaufenster einwirft und umgekippte Autos anzündet. In Tbilissi hingegen habe ich Leute gesehen, die eine Mercedes S-Klasse in der Garage stehen haben und den Zähler in der Wohnung mit einem Streifen Fotofilm anhalten, um Stromkosten zu sparen. Vielleicht spiele ich hier auch mit Allgemeinplätzen, aber das Fazit ist doch, dass der *homo civis* hier in Berlin nur in besonderen Ausnahmefällen gegen die Ordnung verstößt, wir Georgier aber nur in besonderen Ausnahmefällen die Ordnung einhalten. Wenn keines von beiden eine Perversion ist, muss es eine Frage der Ehre sein. Um das besser zu verstehen, muss man die wichtigsten – gern bei Trinksprüchen vorgebrachten – soziokulturellen Kategorien Georgiens kennen: die Standfestigkeit, was soviel heißt wie unwiderruflich von sich selbst eingenommen zu sein. Die allseitige Verbrüderung, also ein schweigsames Nebeneinandersitzen zweier Männer, die rauchen. Und eine Alles-Versteher-Attitüde, die oftmals dazu dient, sich gegenseitig bei allerlei Machenschaften zu decken.

Immer wieder hört man von den Georgiern, die in Berlin leben, dass wir daheim dieses Niveau hier niemals erreichen werden usw. Dabei schwingen in ihren Stimmen masochistisch zufriedene Töne mit. Wie bitte? In Tbilissi ist doch alles genauso wie hier, nur umgekehrt. Wer weiß denn, was eine größere Perversion ist, ein revolutionärer Demonstrant, der ein Ticket entwertet, oder ein Mercedesfahrer der einen Streifen Fotofilm in den Stromzähler steckt?

⋆ ⋆ ⋆

Nirgends stößt man häufiger auf das Bordschghali als in Georgien. Es ist ein uraltes Symbol der Sonne mit sieben Flügeln, ein entfernter Verwandter der Swastika. Seine ursprüngliche Bedeutung verliert sich in den Annalen der Geschichte. Seine Haupteigenschaften sind: Konnektivität, Heterogenität, Regenerierbarkeit, Multifunktionalität. Dieses rhizomorphe Symbol vermag es, sich immanent-kreativ selbst zu organisieren. Schwer zu sagen, was es eher ist: Noumenon oder Ignorabimus. Oder beides. Die Etymologie des Bordschghali ist länger als die Rosen rot. Den einen erinnert es an Karlssons Propeller oder Don Quichottes Windmühlen, für den anderen ist es eine hypnotische Spirale. Aber dass man blöde wird im Kopf, wenn man so ein Symbol zu lange vor Augen hat, weiß heute jedes Kind.

Georgische Psychotherapeuten verwenden es zum Beispiel, wenn sie ihre Patienten in Hypnose versetzen wollen.

Das Bordschghali sagt mehr über unseren Charakter, unsere Anschauungen und Neigungen aus als alle georgischen Chroniken zusammen. Wo auch immer man hinschaut, entdeckt man ein Bordschghali: vom georgischen Lari bis zum georgischen Ausweis. Auch unsere Geschichte ist voll davon. Unsere Vorfahren haben Holzbalkone, Nachttöpfe, Schwerter und Besen damit verziert. Bisher hat noch keiner die Auswirkungen dieses Symbols auf das zentrale Nervensystem untersucht. Ich würde sagen: Da das Bordschghali überall ist, sind alle Georgier unter Hypnose. Immer dreht sich dieses unheilvolle Schicksalsrad, und darüber sitzt der Rabe und singt tröstliche Lieder.

* * *

Heute hat mir Salomé eine Nachricht gezeigt, die vor zwei Tagen im georgischen Fernsehen gesendet wurde und sich seitdem mit großem Erfolg auf Facebook verbreitet. Irgendwo in Kachetien, im Osten Georgiens, hat ein Wolf ein einsames Schaf angefallen. Dieses hatte sich aber nicht verschrecken lassen und war dem Übeltäter laut blökend hinterhergerannt, woraufhin der verängstigte Wolf mit eingezogenem Schwanz Richtung Wald davonlief. Glücklicherweise wurde die Begebenheit von einem Einheimischen mit dem Handy gefilmt.

Vor allem zum zweiten Teil der Geschichte wurden umgehend etliche allegorische Interpretationen vorgenommen. Und die Journalisten bemühten sich sehr, jeden für eine Stellungnahme zu gewinnen, den sie vor das Mikro bekommen konnten. Als erster äußerte sich natürlich der örtliche Pfarrer, ein gewisser Pater Maxime, aus der Diözese Gremi: Das Schaf stehe sinnbildlich für unseren Heiler Jesus Christus, erklärte er, der über den Wolf, ein Symbol des Unreinen, siege. Die betagte georgische Schauspielerin Guranda Gabunia erkannte im Schaf stattdessen den Premierminister Bidsina Ivanischwili, der dem Wolf, seinem Vorgänger Micheil Saakaschwili, eins ausgewischt habe. Auch ein Fürsprecher der LGBT-Bewegung gab seinen Senf dazu: Georgische Homosexuelle müssten sich wie dieses Schaf verteidigen, solange sie derart verfolgt würden. Ein Parlamentarier prophezeite sehr überzeugt, dass sich die russische Armee bald mit eingezogenem Schwanz aus Georgien zurückziehen werde. Der Philosoph Zaza Schatirischwili wäre kein echter Philosoph, wenn er diese Geschichte nicht auf seine ganz eigene Weise interpretiert hätte: Die Begebenheit sei selbstverständlich ein inverses Beispiel für den postmodernen Ausdruck der klassischen Sage von den Argonauten. In diesem Fall schütze sich das Goldene Vlies gleich zu Beginn selbst vor dem Raubtier Jason. Während er darüber sprach, strich er sich mit beiden Händen so wonnevoll über seinen Wanst, dass man meinen konnte, es gehe ihm nicht um das Postmoderne der Geschichte, sondern um die kulinarische Seite des Sujets und das vermeintliche »Vlies« sah er in Form eines delikaten Schaschliks oder Chakapuli vor sich. Gekrönt wurde der Fall von der Aussage des örtlichen Bauern, der die Szene mit seinem Handy gefilmt hatte: »Die Wölfe locken das Vieh hin und wieder auf diese Weise heraus.«

Das Schaf wurde indessen zum Kultobjekt. Jeder versuchte, bewusst oder unbewusst, einen persönlichen Bezug herzustellen, was selbstverständlich ist, denn einen solchen Triumph hat lange kaum ein Georgier mehr genießen dürfen. Seit Jahren verlieren wir bei allen großen Wettbewerben: im Krieg und im Sport, in der Diplomatie und bei Miss Universe. Den letzten großen Sieg feierten wir 1981, als Dinamo Tiflis den Europapokal gewann. Nur haben wir diesen Moment bis heute nicht verarbeitet und seitdem durch nichts anderes relativieren können. Deshalb gedenken wir jeden 13. Juni immer noch voller Stolz dieser Errungenschaft. Deshalb erinnert sich jeder von uns an die damaligen Spieler, sie alle gelten bis heute als legendär. Ihre Namen werden den nachkommenden Generationen wie mit der Muttermilch weitergegeben: Qipiani, Guzajew, Darasselia, Tschiwadse, Schengelia, Gabelia … Zum zwanzigsten Jahrestag wurde sogar eine Briefmarke herausgegeben, auf der neben der

Mannschaft samt Ersatzspielern und Trainern auch die Masseure mit abgebildet sind.

* * *

Keine andere Krankheit wird so schön umschrieben wie Hepatitis-C. »Der sanfte Killer« – gibt es etwas Poetischeres? In meinen Ohren hat es inzwischen begonnen zu surren und mit jedem Tag wird es stärker. Als wenn dort Mückenschwärme hausten. Mein Urin hat eine grünliche Färbung und immer häufiger mischen sich rote Flecken darunter.

* * *

Nachts werde ich von Hüftschmerzen geweckt. Das alte Leiden eines Autounfalls bringt sich immer wieder in Erinnerung. Meine damalige Freundin, ihr Bruder und ich waren von der Digomi-Autobahn abgekommen und von der Brücke geflogen. Ihr Bruder saß am Steuer eines Peugeot 207, in serienmäßiger Ausstattung nur ein Kleinwagen ohne Besonderheiten, nicht sehr schnell und nicht sehr gemütlich, ein vor allem hübsches Fahrzeug, oft als »Frauenauto« bezeichnet. Allerdings ist die Sportvariante des gleichen Modells, mit Turboantrieb und Intercooler – was immer das bedeuten soll? –, schon eine ganz andere Sache. Der Unterschied zwischen der Serienausstattung und dem Sportwagen beträgt einhundert Pferdestärken. Das klingt vielleicht nicht so gewaltig, aber einhundert Pferde ändern die Situation grundlegend: Das »Frauenauto« verwandelt sich im Nu in eine Rakete. Und so schossen wir von der Fahrbahn.

Auch wenn die Hundekacke das letzte gewesen wäre, was ich im Leben zu sehen bekommen hätte, wäre ich dem Bruder meiner Freundin, dem lieben Giorgi, deshalb nicht böse gewesen. Ein wenig habe ich mich schon geärgert, dass ich im heißen Tbilisser Sommer mit ausgestreckten Beinen und daran befestigten Extensionsgewichten zwei Monate lang Bettruhe halten musste, um die gebrochene Hüfte zu kurieren. Na ja, aber man ärgert sich schließlich auch ohne Gewichte am Fuß. Ich nehme es ihm nicht übel, auch nicht, wenn sich die Hüfte bei Wetterumschwung, Feuchtigkeit oder nach langer Fahrt wieder schmerzhaft bemerkbar macht. Dass sich Giorgi in seinem Sportwagen hin und wieder wie ein Astronaut fühlte, kann ich gut nachvollziehen. Besonders wenn er auf der Autobahn unterwegs war. Das verleitet einen ja geradezu, wie Juri Gagarin »Los geht's!« zu rufen, auf das Gaspedal zu drücken und abzuheben.

Zwar waren wir nur einen ganz kurzen Augenblick in der Luft, aber es war der schönste Augenblick in meinem Leben. Während des kurzen Fluges sah ich alles in Zeitlupe. Alles war maximal verdichtet, die Stimmen plötzlich verstummt. Ich vernahm nur noch das Summen einer Mücke. Dabei schien mir, es sei meine Freundin Tamar, liebevoll Tamuna genannt. Sie war schon eine besondere Frau. Einmal wurde sie von einem Straßenköter gebissen, wonach der arme Hund an Tollwut gestorben ist. Das fällt mir jetzt nur so ein. Bekanntlich verarbeitet das Gehirn unter großem Stress keinerlei Informationen mehr, der Mensch gleicht dann einer Pflanze. Wenn der Körper die physiologische Kontrolle über sich verliert, kann es dazu kommen, dass man sich in die Hose macht … Mit dem Defäkalisieren habe ich keine Erfahrung gemacht, aber dafür stieg das Adrenalin so stark an, dass es mir fast zu den Ohren herauskam.

Wenn man von einem Maschinengewehr beschossen wird, sieht man die Schüsse ganz klar, wie eine Schar Schwalben, vor sich. Ich war schon mal unter Beschuss, ich weiß, wie das ist. Die Schwalben zogen an mir vorbei.

Wie lange waren wir in der Luft? Ein oder zwei Sekunden? Diese Sekunden kamen mir wie eine Ewigkeit vor. Gleich nachdem wir von der Brücke stürzten, wurde es im Auto dunkel wie im Kinosaal vor Filmbeginn. Die Windschutzscheibe wurde zu einer breiten Leinwand, an der ein schwarzer Stummfilm beginnen und nie enden sollte. Bevor die Scheibe in tausend kleine Kristalle zersprang, konnte ich im letzten Moment noch ein Hundehäufchen am Straßenrand entdecken, es lag zwischen der Laterne und der Grünanlage wie mit dem Spritzbeutel dressiert. Dann verschwand alles.

Es begann aber kein Film, sondern nur ein Trailer, ebenso schwarz und stumm und ganz kurz. Als ich die Augen öffnete, schleppte mich gerade jemand aus dem Auto. Mein Körper war wie aus Watte, ich spürte nichts. Ich begriff nicht gleich, wo ich mich befand, nur dass ich auf dem Rücken lag und von Leuten umgeben war, die sich aufgeregt unterhielten.

Bald danach waren Ärzte in weißen Kitteln, mit Stethoskop und bunten Kugelschreibern in der Brusttasche, zur Stelle. Als erstes untersuchten sie meinen Pulsschlag, fixierten mit einem Plastikkorsett meinen Hals, leuchteten mir mit der Taschenlampe in die Augen und setzten mir sofort eine Spritze in den Arm. Danach legten sie mich vorsichtig auf die Trage und schoben mich in den Krankenwagen wie ein Kuchenblech in den Ofen. Es fehlte nur noch die Hundekacke als Baiser. Und überhaupt, ich kam mir vor wie in einem Backofen. Ringsum dampfte alles vor Hitze und ehe die Tür des Krankenwagens geschlossen wurde, erhaschte ich einen letzten Blick auf unseren Peugeot, der wie ein gekneteter Teigklumpen auf der Straße lag.

Das war die poetische Seite der Geschichte. Die prosaische begann erst danach: die Klinik, die Diagnostik, das Krankenbett, die Bettpfanne, die Gewichte am Fuß und so weiter. Später folgten die Krücken und der endlose Hüftschmerz. Allgemein wird es als Schmerz bezeichnet, was aber nicht ganz stimmt, es ist eher ein Gefühl zwischen Schmerz und Jucken, als wären die Knochen voller Motten, die sich von innen hinausfressen.

Natürlich war die Gefahr, dass ich sterbe, groß. Trotzdem denke ich an diese Geschichte mit einem Lachen zurück. Solche Momente gibt es ja immer wieder im Leben. Wenn man den Momenten, in denen das eigene Leben bedroht ist, zu große Bedeutung beimisst, müsste man täglich mit ernster Miene herumlaufen.

Außerdem kenne ich die sowjetische Schule, in der nichts ohne Humor und Spiel zugeht. Ich kann mich bis heute nicht damit anfreunden, aber auch bei uns wurden vor dem Film erstmal Einspieler gezeigt, als Teil des Cine-Magazins. Ich habe dabei drei Miniserien zu sehen bekommen: »Die Zündschnur« für Erwachsene, »Jerlasch« für Kinder und »Ich will alles wissen« für alle Altersgruppen. Diese satirisch-humoristischen Filme vor dem Film sollten nicht nur das Falsche entlarven und das Gute erklären, sondern auch wirklichen Erkenntnisgewinn ermöglichen. Damit der Proletarier im Kino nicht zu leicht dem Charme der Bourgeoisie verfalle.

Jedes System hat seine Ideologien, eigene oder geborgte. Ohne sie gibt es kein System. Deshalb nutzte die Kommunistische Partei jeden Millimeter. In den Zeitungen, Büchern, Theateraufführungen, im Film und eben auch im Film vor dem Film, überall wurde die sowjetische Lebensweise propagiert. Offiziell hieß das »ideologische Arbeit«, »Massenbildung« und so weiter. Losungen wie *Die UdSSR ist die Stütze des Friedens!*, *Hoch lebe die KPdSU!*, *Den Fünfjahresplan in vier Jahren!* usw. musste der Proletarier auch im Schlaf auswendig können. Die Sowjetunion war wahrhaftig ein Land der Losungen. Jedes Kollektiv, jeder Verein oder Freundeskreis hatte seine eigene. Von den jungen Naturalisten bis hin zu den sowjetischen Philatelisten oder dem Verein der Studenten, die Obst- und Gemüse ernteten und so weiter bis ins Unendliche. Das Cine-Magazin war einer der vielen Momente, bei denen der Proletarier die sowjetischen Lehrsätze und die kommunistische Doktrin aufsaugen, sich einprägen und verinnerlichen konnte oder sollte. Die gleiche Funktion hatten die Plakate, denen man überall begegnete, vom Kindergarten bis zum Polizeigebäude. An dieser Stelle sei gesagt, dass sie meist höchst komisch waren, ohne jegliche Erklärung. Oft verstand man nicht ganz, ob es sich um sowjetische Selbstironie oder um ein Versehen handelte. Aber wir wussten, dass es solche Versehen in unserer Welt nicht gibt.

Nirgends wird das so offensichtlich wie bei dem Propagandaposter, das einen überraschenden Bezug zu einer bekannten russischen Redewendung herstellt. »Veshat' lapshu na ushi«

heißt wörtlich übersetzt: Jemandem Nudeln an die Ohren hängen. Und bedeutet so viel wie: betrügen, hinters Licht führen, hereinlegen. In der Mitte des Plakates steht ein sowjetischer Verkäufer in einem Lebensmittelgeschäft hinter einer Waage. Er füllt eine Papiertüte, um den Inhalt abzuwiegen. Auf der Waage prangen Hammer und Sichel. Im Rücken des Verkäufers steht ein Regal voller Waren und genau auf Höhe seines linken Ohrs befindet sich eine Packung Lapscha, Nudeln. Sie ragt geradezu in sein Ohr hinein. Hierbei soll nicht auf die kleinen, alltäglichen Schummeleien hingewiesen werden. Nein, der Mann an der Waage ist immer der Richter und hier: der Großinquisitor. Er entscheidet über Richtig und Falsch. Er hängt den Leuten Nudeln an die Ohren.

Das Plakat stammt aus der frühen Phase der Sowjetunion, aber es gibt viele ähnliche Beispiele auch in der jüngeren Vergangenheit der UdSSR, besonders in der Filmbranche. Anfang der Achtziger Jahre erschien Rolan Bykovs Film »Chuchelo« (Vogelscheuche), mit der kleinen Christina Orbakaite in der Hauptrolle. Der Film erhielt schon bald eine Staatsauszeichnung. Wobei im Film die Jungen Pioniere, also die Zukunft des Landes, zum ersten Mal nicht als zukünftige Lenin-Komsomolzen, die dem großen Ideal zustreben, dargestellt wurden, sondern als wahre Antihelden mit sadistisch-despotischem Verhalten. Das ist so, als würde man Charles Manson oder Anders Breivik mit dem Friedensnobelpreis auszeichnen.

Oft tauchte diese Ironie auch in Zeichentrickfilmen auf. In der neunten Folge der Serie »Nu, pogodi« (Hase und Wolf) wird ein russisches Volkslied angestimmt: *Der Pope hatte einen Hund*

*und er hatte ihn lieb, der stahl dem Popen ein Stück Fleisch, da schlug er ihn tot, und grub ihm ein Grab, und setzte ihm einen Grabstein, worauf geschrieben stand: Der Pope hatte einen Hund und …*

Gesungen wird das Lied jedoch, und das stellt alles auf den Kopf, von einer Hundebande. Mich hat dieser Humor, dem man erst auf die Spur kommen musste, sofort in den Bann gezogen. Ich habe jede Folge mehrmals gesehen und wurde immer belohnt.

In der zweiten Folge, zum Beispiel, spaziert der Hase trommelnd durch den Park, er ist gekleidet wie ein Pionier. An seiner Hand sind drei Luftballons befestigt. Alles in sozialistischer Ordnung, denkt man. Und dann guckt man nochmal hin. Drei Luftballons: ein länglicher, fleischrot, und zwei runde. Das kann kein Zufall sein. Das ist nichts anderes als ein Penis und zwei Hoden. Der Pionier, die Zukunft der Sowjetunion, war also nicht nur ein schnell platzender Traum, sondern – und darin lag die geheime Botschaft – already fucked.

Sehr ironisch waren auch die Tagungen der Kommunistischen Partei, die im staatlichen Fernsehen live und ungeschnitten übertragen wurden. In den Pausen wurde klassische Musik gespielt. Darunter waren am häufigsten die »6. Sinfonie« von Tschaikowski, »Der traurige Walzer« von Sibelius, das »Nocturne in Es-Dur« von Chopin und aus irgendeinem Grund »Die tragische Sonate« von Nikolay Medtner. Nun, entschuldigen Sie bitte, aber ich kenne keine größere Ironie als diese.

* * *

Alissa Chihiro ist vorhin schreiend aufgewacht. Als ich sie auf den Arm nahm, schmiegte sie sich so verängstigt an mich, dass es mir fast das Herz zerriss. Sie schluchzte und versuchte mühevoll, von ihrem Albtraum zu berichten. Während ich sie auf dem Arm wiegte, schlief sie langsam wieder ein.

Ich finde Salomé in der gleichen Pose auf dem Sofa wieder, wie ich sie verlassen habe – sie liegt seitlich und starrt in ihr Buch, was mich ein wenig beunruhigt. Es ist schon verdächtig, wieviel sie in letzter Zeit liest. Kaum findet sie eine freie Minute, schon steckt ihr Kopf hinter einem Buch. Wenn sie dabei nicht einnickt, verschlingt sie alles im Handumdrehen. Ich weiß nicht, ob sie es überhaupt genießen kann. Das muss eine Art Sucht sein, von der sie beherrscht ist, ich bin mir da ganz sicher. Soweit ich es verstehe, ist das nichts Erfreuliches. Wegen meines gebrochenen Beines und der anderen Verletzungen, musste ich im Leben schon mehrmals das Bett hüten und habe mir damals die Zeit hauptsächlich mit Büchern vertrieben. Nachdem man das Bett verlässt, hat man dann so etwas wie Entzugserscheinungen. Es kommt einem vor, als begehe man einen großen Fehler, wenn man aufhörte zu lesen. Ich weiß, wovon ich spreche. Leider bekommt man das Gefühl immer zu einem Zeitpunkt, wenn man nichts mehr richtig genießen kann. Alles um einen herum erscheint bedeutungslos und nur in Büchern entdeckt man noch Wesentliches. Dieser Zustand muss irgendwie überwunden werden, sonst landet man mit dem Buch auf einer Couch, beginnt zu lesen und verliert sich Wort für Wort. Es gibt nichts mehr, was einen betrifft, und die Karawane zieht weiter. Stephen King hat mal gesagt, dass alle seine Sakkos breite Taschen haben, um ein Buch hineinzustecken, das er im passenden Moment herausziehen und lesen kann. Was weiß ich. Die einen können ununterbrochen lesen, andere unermüdlich mit dem Ball dribbeln und andere wiederum einen Zugwaggon mit ihren Zähnen ziehen. Ich halte es mit Thomas Mann, der weise empfiehlt, Dostojewski nur in Maßen zu rezipieren. Ich will nicht, dass Salomé auch mit Sakkos herumläuft, die breite Taschen haben. Wer will schon mit Stephen King oder seinem Doppelgänger im Bett liegen. Es reicht mir schon, wenn ich mir den Meister des Horrors in einem rosa Peignoir mit Rüschen vorstelle, aus dem behaarte Schultern und krumme Beine herausragen.

* * *

Direkt am Eingang des Görlitzer Bahnhofs verkauft ein Araber Tulpen auf einem provisorischen Ladentisch, die Blütenblätter leuchten in der Sonne feuerrot. Mir fallen bei dem Anblick ganz andere Tulpen ein.

In Tbilissi metzelten Soldaten der sowjetischen Armee als eine ihrer letzten Amtshandlungen in einer Nacht im April 1989 dutzende Frauen nieder. Den offiziellen Angaben zufolge sind in jener Nacht einundzwanzig Menschen umgekommen, siebzehn Frauen und vier Männer. So als habe die Inquisition eine Hexenjagd veranstaltet und unabsichtlich auch ein paar Männer erwischt. Doch die Sache war anders. Die Videoaufnahmen machen eher den Eindruck, als ob der Reinigungsdienst die Stadt von Schädlingen und Ungeziefer befreien wollte. Denn die Soldaten waren merkwürdigerweise mit Giftgasflaschen und gut geschliffenen Kampfspaten ausgerüstet.

Es war der vorläufige Höhe- und Tiefpunkt der georgischen Unabhängigkeitsbestrebungen von der Sowjetunion. Offiziell heißt dieses Ereignis »Die Tragödie des 9. April«. Es bekam keinen poetischeren Namen, den man sich hätte einprägen können wie den Titel eines Liedes oder Gedichtes, zum Beispiel die »Nacht der langen Messer« oder der »228-Zwischenfall« usw. … Dabei spielt der Name eine wichtige Rolle. Solche Beinamen beleben die Ereignisse auf eigentümliche Weise. Sie bleiben dann nicht nur ein Eintrag in den Geschichtsbüchern, sondern landen wegen der geschickten Bezeichnung im Repertoire einer Rockgruppe oder werden zum Film eines berühmten Regisseurs. Das heißt, die Geschichte wird auf anderen Ebenen, in anderen Formen weitererzählt. Zwar wurde zum 9. April viel geschrieben und recherchiert, aber es ist dennoch bei einem Eintrag geblieben. Auch wenn es dazu ein Lied gibt, das große Wirkung entfaltete und damals die ganze Nation berührte, wurde es nie zum Allgemeingut. Unmittelbar nach dem tragischen Ereignis verfassten und sangen die georgischen Volksmusiker gemeinsam das Lied »Die Tulpen«[1]. Es war tatsächlich verblümt und schaffte es, alles zu bündeln, was die Nation zu sagen, zu beklagen und zu betrauern hatte. Wir Georgier sind keine Meister des Gespräches, vor allem scheuen wir die direkte Aussprache. Wir sind ein Volk der Metaphern und Allegorien und das wird sich wohl auch nicht ändern, sofern wir nicht komplett von der Landkarte verschwinden. Ob in Freud oder Leid, es wird immer nur gesungen. Wir können nicht anders. Und wer weiß besser als wir, wie man in diesem Land singt. Ist doch jeder Georgier im Innersten ein König und Poet, der mit Gesang aus dem Leben scheidet.

Also zurück zu jener Nacht des 9. April. Von diesem Ereignis wurde damals in allen Nachrichtensendern der Welt berichtet. Genau das wollten wir. Wir wollten, dass alle von unserer Existenz erführen, von dem wunderschönen Land hinter dem Kaukasusgebirge. Dem Land namens Sakartwelo, wie wir Georgien nennen, wo ein kleines, aber sehr stolzes Volk lebt, sich *der weiße Schimmel nicht satteln lässt, Blütenblätter das Schilf umtanzen, selbst die Zitterpappeln singen und der Himmel türkiser als türkis ist.*[2]

Wir sind ein affektiertes, effekthascherisches und etwas fiktives Volk. Wir sind so und nicht anders. Wer weiß, ob uns das damals jemand geglaubt hat, wir selbst glaubten fest daran. Zwar nur für kurze Zeit, doch dafür umso fester. Wir glaubten, dass allein die Borjomi-Mineralquelle unser Land retten wird, dass unser Tee aromatischer und schmackhafter ist als anderswo, dass Frieden herrschen wird, die Tauben unbehelligt gurren und umherfliegen werden. Als uns dann noch eingefallen ist, dass es nur ein Viertel namens Warasi gibt und nur einen greisen Mtatsminda-Hügel, brüllten wir alle einstimmig »Es lebe Georgien, hoch, hoch, hoch!« Deshalb wurden wir verwundet, niedergemetzelt und vergiftet. Und trotzdem erlebte ich das gesamte Volk nie glücklicher als in dieser Nacht.

Später berichteten Augenzeugen, die Soldaten hätten nach Wodka gerochen. Ich weiß nicht, ob das stimmt und wie sie das im Gasgestank identifiziert haben wollen. So oder so, die ganze Geschichte erinnert mich an Bruegels Gemälde »Der Kampf zwischen Karneval und Fasten«. Man erkennt auch ohne drittes Auge, dass es in diesem Kampf, der zur Maskerade geworden ist, zwei Dirigenten gibt: den Mann, so dick wie ein Fass, mit dem Schaschlikspieß in der Hand und dieses hauchdünne Wesen, das ein Ruder hält, auf dem zwei Fische liegen. Es ist schwer zu sagen, was dieses Gemälde so amüsant und aufwühlend zugleich macht. Wieso es traurig stimmt, wenn es lustig ist. Und warum man trotzdem lächeln muss, wenn es zum Weinen veranlasst. Sind es die Farben? Das Licht? Der Blickwinkel? Das Sujet oder die Banalität? Es gibt Leute, die sich lange über die kompositorische Ähnlichkeit und thematischen Wiederholungen in einigen Gemälden von Bosch, Cranach und Bruegel auslassen können. Dabei interessiert sich der Letztere weder für die esoterischen Disziplinen des Ersten, noch für die biblischen Zitate des Zweiten. Bruegel ist die Stimme des einfachen Mannes, der Sänger des Dorfes und der Dorfbewohner. Es scheint mir also überflüssig heraus zu arbeiten, wer auf diesem Gemälde wen auf dem anderen repräsentiert, denn worauf es ankommt, ist doch, was es in uns auslöst, was es mit uns macht.

Die Feststellung, dass die damaligen Regierenden ihr Volk so sehr schätzten wie Unkraut und Ungeziefer ist nicht der Rede wert. Welche Regierung ist da anders? In den Dokumentaraufnahmen von 1989 ist deutlich zu sehen, wie die Armee gegen die Bevölkerung mit Gas und Kampfspaten vorging. Und was tat das Volk währenddessen? Es tanzte und sang. Leider ist mir das Mädchen unbekannt, dessen Stimme in der Aufnahme bis zuletzt zu hören ist, als die ersten schon von den Soldaten getötet werden. Sie singt und singt, etwas Trauriges, etwas Herzzerreißendes. Etwas anderes können wir nicht, nur das Melancholische. Es gibt keine Freude und keine Feier, denen nicht Besorgnis und Traurigkeit beigemischt sind. Nur dann sind wir ganz bei uns, wenn unsere Traurigkeit wahr und unverfälscht ist. Wir sind ständig am Weinen, begründet und unbegründet. Vorsorglich weinen wir schon im Voraus, da wir aus Erfahrung wissen, dass es am Ende ja ohnehin darauf hinauslaufen wird. Deshalb weinen und klagen auch unsere Ikonen. Bei Feierlichkeiten versagen wir hingegen und wissen nicht, wie wir uns zu verhalten haben. Deshalb kommen in unseren Liedern und Gedichten so heuchlerische Bilder vor wie die vom weißen Schimmel, vom Blütenschnee und türkisfarbenen Himmel. Während das junge Mädchen ihr herzzerreißendes Lied singt, metzeln die Soldaten das Volk nieder, keiner läuft davon. Manch einer verlässt den Ort mit schnelleren Schritten, aber nur so, als ginge er in Pantoffeln zur Haustür, weil es geklingelt hat. In der Tat vermitteln die dort versammelten Menschen eine so häusliche Atmosphäre, als befänden sie sich zusammen mit ihrer großen Familie im eigenen Wohnzimmer.

Doch unter ihnen steht ein Mann, der genau weiß, was passieren wird … Ein paar Minuten, bevor es beginnt, hat er sie alle gewarnt: »Es ist nichts Gutes zu erwarten, meine Kinder. Lasst uns zusammen beten und auseinandergehen.« Aber wer will ihm schon glauben. Er steht und starrt also auf das Volk und sieht doch keinen. Genau dieser Moment wurde später in den Videoclip gewählt, der für das Lied »Die Tulpen« produziert wurde. Ilia II. ist die heikle Lage ins Gesicht geschrieben. Ich habe ihn nie wieder mit so einem Blick gesehen. Wenn man sich heute diese Aufnahmen ansieht, begreift man, warum der prosaische Teil der ganzen Geschichte, den wir später ausführlicher zu sehen bekamen, die umherfliegenden Spaten und das Giftgas, uns nicht mehr so berührten wie deren poetische Exposition: die tanzenden Menschen, der Gesang des unbekannten Mädchens und die Augen des Patriarchen. Deshalb bin ich der Auffassung, dass es ein Fehler ist, diese Nacht als Tragödie zu bezeichnen. Es war viel mehr eine Komödie, so wie sie bei uns üblich ist, traurig und fröhlich zugleich. Das ist nicht nur mein Eindruck, sondern klingt schon in der Ansprache von Ilia II. an, in der er folgende Worte an die Sioni-Kirchengemeinde richtet: »Heute trauern wir, aber unsere Seele feiert«. Und dann noch das Wichtigste: Am nächsten Morgen ertönten in ganz Tbilissi die Autohupen. Wer wird schon widersprechen, dass in diesem Hupen außer Protest nicht auch eine wehmütige Freude steckte? Das Wichtigste, was wir zu sagen haben, ist unaussprechbar. Deshalb versteht man so schwer, wer und wie wir sind. Wie können wir verstanden werden, wenn wir wie Amirani alles für uns behalten, nur in unserem Inneren singen.[3] Keiner wird unsere stillen Absichten erraten. Wir selbst verstehen uns ja auch schon nicht, aber das ist eine Randnotiz. Hauptsache, *das Herz singt, das Herz jubelt und die Erde dreht sich, wolkenlos der Himmel, ein klares Meer, was will man mehr*?[4]

* * *

Alissa Chihiro will schon seit einiger Zeit nicht mehr auf dem Arm einschlafen, man muss sich daneben legen und ein Märchen erzählen, damit ihr die Augen zufallen. Dabei umklammert sie mit ihrer kleinen pummeligen Hand meinen Zeigefinger so fest, als wolle sie mich in ihre kindliche Traumwelt mitnehmen. Erst nachdem kleine Schweißtropfen auf ihrer Nase zu sehen sind und sich ihr Griff gelockert hat, schleiche ich mich aus dem Zimmer.

Auch vorhin habe ich ihr ein Märchen erzählt, aber sie hielt sich weiter an meinem Finger fest. Ich lag also geduldig daneben und betrachtete auf dem iPhone alte Fotos. Jedes rief beim Betrachten eine Kette von Assoziationen hervor, wie bei einem Rorschach-Test. Ich bin kein besonders guter Fotograf und habe vorwiegend dilettantische Bilder auf meinem Handy, ohne historischen, kulturellen oder ästhetischen Wert – das nur am Rande. Worum es mir geht, ist, dass mit der Zeit alles Vergangene immer lächerlicher wird; die Zukunft im Übrigen auch.

Von der Aussichtsplattform der Tbilisser Seilbahn liegt die Stadt wie auf einem Silbertablett vor einem. Salomé steht vor dem Eisengeländer, den Schnee bis zu den Knien. Es ist so kalt, dass ihr beim Lachen der Atem gefriert. Ihr granatapfelfarbener Mantel, der in den Schnee tunkt, ist ihr an den Schultern zu eng. Ihr gewelltes Haar ist purpurn gefärbt, die Lippen sind knallrot geschminkt. Sie trägt den bunten Fransenschal ihrer Großmutter über dem Mantel und hat eine abgewetzte braune Handtasche mit einem kaputten Messingschloss über der Schulter. Sie ist verrückt nach diesen alten, gebrauchten Sachen, die aus der Mode gekommen sind. Ihr fehlen nur noch ein paar Plastiknelken und Goldzähne, um als Zigeunerbaronesse durchzugehen.

Neben ihr steht ihre Trauzeugin Sophie Tschaawa, die einen weißen Rollkragenpullover und darüber eine Daunenjacke mit großen, goldenen Druckknöpfen trägt. Sie schaut nach unten und hält sich die weißen Kaschmirhandschuhe vor den Mund, als ob sie ihr Gesicht vor den Kameras verbergen will wie ein Straftäter, der gerade abgeführt wird. Zwar habe ich die Oper des georgischen Komponisten Meliton Balanchiwadse[5] »Die hinterlistige Darejan« noch nie gesehen, aber wenn ich Sophie sehe, muss ich immer daran denken. Sie hat ihre Schultern hochgezogen, man kann nicht genau sagen, ob sie lacht oder niest. Mag sein, dass Leggings mit Leopardenmuster grundsätzlich eine schöne Sache sind, aber vielleicht sollte man davon absehen, wenn man auf solch dürren Stelzen geht.

Auf dem Foto ist noch jemand abgebildet: mein Trauzeuge Giorgi Nakaschidse, ein Star der georgischen Film- und Theaterszene. Er steht vor den zwei Frauen, etwas abseits, auf einen Gehstock gestützt. Damals hatte er sich wegen eines Theaterstückes einen Bart wachsen lassen. Im Marjanischwili-Theater wurde eine moderne Fassung des »Hamlet« aufgeführt, den er spielen sollte. Oder Laertes. So genau wusste er das noch nicht. Der Regisseur auch nicht. So ist das heutzutage in Tbilissi am Theater. Keiner weiß, wem welche Rolle zufällt. Den Gehstock brauchte er, weil er einige Tage zuvor bei der Probe von der Bühne gefallen war und seinen Fuß verstaucht hatte. Er trägt auf dem Foto eine dunkelgrüne wattierte Cordjacke, mit hässlichem beigem Kunstfell am Kragen. Auf dem Foto sieht man nicht, dass Nacken und Rücken voller Pickel sind, durch die Kleidung sieht man auch nicht, wie behaart sein ganzer Körper ist. Wenn man ihn rasieren würde, könnte man eine schön warme Wolldecke daraus machen. Außerdem verströmt er immer so einen bittersüßen Geruch nach leicht saurer Milch, der durch den Duft seines Eau de Toilette dringt, wie die Stimme des Nachbarn durch die Hauswand.

Die offizielle Trauung dauert nicht mal fünf Minuten. Mehr braucht man nicht, um die Ringe zu tauschen, die Namen schön in die rosafarbene Heiratsurkunde einzutragen und den Champagner in die weichen Plastikbecher zu füllen.

Salomé und ich küssen einander das erste Mal als Mann und Frau und tauschen nun ganz legal unsere Bakterien aus. Da ergreift Schota Gagarin, der hinter Nakaschidse steht, die Gelegenheit und spielt auf seinem Handy lautstark Roy Orbinsons »(All I Can Do Is) Dream You«. Es ist kein Lied, das Tote erweckt, aber einen Lebenden bewegt es immer, sofern er kein Zyniker ist.

Es ist schwer, Schota Gagarins Humor zu verstehen, ohne ihn zu kennen. Er hat sich mal an einer Protestaktion vor dem Innenministerium beteiligt, als man die Umbenennung der George-Bush-Straße forderte. Das hat man ihm in der Amerikanischen Botschaft so sehr übel genommen, dass er bis heute kein Visum bekommt. Dabei ist Gagarin nun wirklich alles andere als antiamerikanisch. Er hat sich nicht mal von seinem romantischen Jugendtraum lösen können, in dem er wie in einem schlechten Roadmovie im roten Cadillac Cabriolet, den Kofferraum voller Drogen, nach Las Vegas rauscht. So hat er es selbst beschrieben.

Auf der Aussichtsplattform der Seilbahn klingt Roy Orbinson irgendwie komisch und erhaben zugleich. Wir müssen alle lachen. Salomé drückt meine Hand.

Gagarins schöner Einfall wird umgehend dadurch zunichte gemacht, dass die anderen ebenfalls ihre Handys herausholen und ihre Musik abspielen, eine schlimmer als die andere. Nur die Frau vom Standesamt beteiligt sich nicht daran. Sie ist ganz in Schwarz gekleidet wie eine ewige Witwe. Etwas an ihrem Äußeren ist betont tragisch und gefährlich. Ich werde ihre hohe Stirn, das hübsche Doppelkinn und die schweren Augenlider niemals vergessen. Unverrückbar und stolz wie ein Obelisk steht sie da, und ihre halb geschlossenen Augen funkeln, als könne sie sich nicht entscheiden, ob sie ebenfalls ihr Handy zücken oder uns auf der Stelle in Frösche und Mäuse verwandeln solle.

Zwischen den alten und neuen Hits dringt die Stimme von Dschansug Kachidse hervor, und ich merke, wie die Fröhlichkeit in etwas Hässliches umschwenkt. Unter dem musikalischen Durcheinander bebt die Stimme Sowjetgeorgiens: *Bei Tag und Nacht bin ich auf der Suche nach dir, ich bin krank und ein Feuer lodert in mir.*[6]

Wahrscheinlich tönt das Lied aus Nakaschidses Handy. Auch wenn er auf die Minimalisten Sakamoto und Alva Noto steht, wird er bei den alten georgischen Volksliedern »Muchambasi« und »Kutschchi Bedineri« weich.

* * *

In der Berliner S-Bahn ist es sonntags so leer, dass man locker auf den Sitzen liegen könnte. Am S-Bahnhof Wedding steigt ein Obdachloser unbestimmten Alters ein. Er ist klein und aufgedunsen. So verstaubt, wie er ist, sieht er aus wie ausgestopft und wieder zum Leben erweckt. Seine geschwollenen Füße stecken in silbernen NIKE VANDALS, die im Sonnenlicht blitzen wie ein Stroboskop. Ich trug vor langer Zeit einmal genau diese Schuhe.

Anfang der Neunziger kostete eine miserabel synchronisierte, illegal kopierte Videokassette noch die Hälfte eines Monatsgehalts. Videofilme waren eine absolute Neuheit. War das Gerät ausgeschaltet, wurde es stets bedeckt wie ein Schlafender. Die VHS-Rekorder wurden im Volksmund nur »Pristavki« genannt, was im Russischen soviel heißt wie: Sie stehen daneben. Zu der Zeit kannte jeder die wenigen Familien, die eine Pristavka besaßen. Ob zu Hause oder auf der Datscha, beim Besitzer dieser Geräte kam es regelmäßig zu großen Menschenaufläufen, dabei begegnete man immer mindestens einem Freund oder Freundesfreund, einem Verwandten oder Verwandten eines Verwandten. Die Filmauswahl war nicht sehr umfangreich, aber jeder einzelne war wie ein Gang an die frische Luft.

Denn dort gab es die Filme zu sehen, die nie für die sowjetischen Kinos zugelassen worden wären, Filme aller Genres, von Karate bis Erotik. Bruce Lee war genauso populär wie Sylvia Kristel.

Die Generation der VHS-Epoche kennt noch die besondere Stimmung dieser Vorführungen, denen etwas Heimeliges und Rituelles innewohnte. Alle starrten auf den Bildschirm wie die Kinder einer großen Familie. Das familiäre Gefühl resultierte vor allem aus der Art der Synchronisierung, die von nur zwei, maximal drei Leuten bewerkstelligt wurde. Die ganze Sowjetunion wurde von diesen drei Leuten versorgt. Und ihre Stimmen waren in allen Winkeln des riesigen Landes zu hören, wo jemand einen Videorekorder besaß. Noch sonderbarer war: die Stimmen glichen sich alle untereinander. Man hatte also den Eindruck, dass die Filme alle von einer Person gesprochen wurden. Der Bekannteste unter ihnen war der Mann mit der Nasenklammer. Eine Legende! Noch heute klingt mir die wie erkältet näselnde Stimme dieses Mannes in den Ohren. Man erzählte sich, dass er sich die Nase mit einer Klammer abklemmte, damit seine Stimme nicht vom KGB erkannt würde. Wenn das stimmt, ist es ein Teil sowjetischer Geschichte.

Zu der Zeit tauchte in Tbilissi die erste Videokassette mit »Terminator« auf. Man kann sich denken, wie sehr mich der Film damals beeindruckt hat. Jedes Schulkind kannte ihn. In der achtzehnten Minute gibt es eine Szene, in der Kyle Reese, halbnackt und von Polizisten verfolgt, nachts in ein Klamottengeschäft einbricht. Heraus kommt er völlig neu eingekleidet und – Achtung! – mit knöchelhohen Nike's. Im Bild ist nur ganz kurz, aber deutlich der Klettverschluss am Schuh zu sehen.

Uns Schüler beschäftigte dieses Bild mehr als die Verfolgungsjagden und Spezialeffekte. Es zog all unsere Aufmerksamkeit auf sich, stachelte uns auf, brannte sich ins Gehirn: schwarze Nike's mit einem Logo, das das Licht reflektierte. Das war zu einer Zeit, als in Tbilissi schon moldawische Floare oder tschechische Botas der letzte Schrei waren. Letztere prägten den sowjetischen Sportschuhsammelbegriff »Botasi«.

Sehr verbreitet war damals die tschechische Schuhproduktion der Marke Cebo, mit unterschiedlichen Modellen für Männer und Frauen verschiedenen Alters. Ob Pionier oder Rentner, alle trugen Cebo, nicht dass sie besonders modisch gewesen wären, sie waren schlicht am leichtesten zu bekommen. Nicht mal eine äußerst beliebte Fernsehserie konnte ihnen zum Kult verhelfen. »Die Gäste aus der Zukunft« bestand aus fünf Teilen und der Hauptdarsteller Kolja Gerasimow trug in allen fünf Folgen diese Ceboschuhe. Das Problem war nicht der etwas unbedarfte Kolja, es gibt ja allerlei unheldenhafte Filmhelden, deren Schuhe sofort zum Kassenschlager werden; angefangen bei »Forrest Gump« bis zu den Jungs aus »Superbad«. Cebo hingegen blieb unentbehrlich, war aber nie begehrt.

Die Nike's aus »Terminator« waren keine Sportschuhe, sondern ein Wunschtraum. Eines Tages, ungefähr anderthalb Monate nach Erscheinen des Films, brachte mein Vater mir in einer Plastiktüte diese Schuhe mit.

In der Nacht konnte ich kein Auge zutun. Wie hätte ich denn schlafen sollen! Am Bett standen meine VANDALS, so hieß das Modell. Ich betrachtete ihre Silhouette im Mondlicht und sah das Logo leuchten. Die Erziehung des Zöglings Törleß und dessen seelische Verirrungen waren verblasst. Doch meine nächtliche Aufregung war nichts verglichen mit meinem Auftritt in der Schule am nächsten Tag. Bis dato war es üblich, die Hosen in die Schuhe zu stecken, wenn es Schuhe waren, die man zeigen wollte. Das hatte ich nicht nötig. Wozu auch? Nicht ich, sondern die VANDALS kamen zur Schule. An dem Tag war ich populärer als Bruce Lee und Sylvia Kristel zusammen.

Ich schaue auf den Obdachlosen wie auf meine vermeintliche Zukunft. In seinem zerzausten Bart steckt ein welkes Blatt. Über der Schulter trägt er eine Aldi-Tüte mit leeren Flaschen. Nervös schaut er unter jede Sitzbank, als habe er irgendwelche wichtigen Dokumente verloren. Er befindet sich am anderen Ende des Waggons, aber sein Geruch ist bis zu mir vorgedrungen. Als die Bahn langsamer wird, ertönt die Ansage »Gesundbrunnen«. Der Obdachlose findet eine Flasche unter der Bank und schüttelt sie nach unten aus wie ein Thermometer. Da fällt ihm, wie von einem Herbstbaum, das trockene Blatt aus dem Bart und landet auf dem Sitz. Ich halte inne. Die Wagentür öffnet sich zischend. Der Obdachlose geht eilig den leeren Bahnsteig entlang und steigt in den nächsten Waggon. Dort setzt er seine Suche fort.

* * *

In Berlin sind viele mit Gehhilfen unterwegs. Manche bedacht und langsam mit dem Rollator. Manche zügig mit mechanischen oder auch motorisierten Rollstühlen. Andere laufen mit Stöcken schnell und heftig keuchend an einem vorbei. Und nennen es angeberisch Nordic Walking. Dabei sieht das mindestens so komisch aus wie Hockey auf Rasen. Das Symbol von Berlin dürfte heutzutage auch nicht mehr der Bär sein, sondern ein rüstiger Alter, der am Stock geht. Natürlich habe ich nichts gegen den Bären, ich liebe ja Tiere, sogar mehr als Menschen. Deshalb reicht es vielleicht, das Berliner Symbol um ein Detail zu ergänzen: Der Bär müsste sich auf einen Rollator stützen, das wäre zeitgemäß.

* * *

In »Ilusioni«, einer sowjetischen TV Sendung, in der westliche Filme gezeigt und besprochen wurden, haben sie einmal Kazuhiko Yamaguchis »Lady Karate« gezeigt. Solche Filme wurden in Sowjetgeorgien meist zu religiösen Feiertagen ausgestrahlt, um die Bürger davon abzuhalten, in die Kirche zu gehen. Am darauffolgenden Tag stürzten in den Tbilisser Schulen immer fast die Decken ein. Die ganze Stadt verwandelte sich in ein Schlachtfeld. Man schlug aufeinander ein, prügelte sich ohne Rücksicht auf Verluste und hinterließ allerhand Blessuren. So viele Beulen, aufgerissene Lippen, geschwollene Nasen und blaue Augen gibt es heute nur noch bei Dreharbeiten für Hollywood-Blockbuster. Am Tag nach »Lady Karate« bekam auch die sonst so ruhige und vorbildliche Schülerin Tsira Pipia etwas ab. Es hatte gerade geklingelt, und wir rannten ins Klassenzimmer, als Sandro Schuruli, ein Junge aus unserer Klasse, ihr ein Bein stellte und sie hinfiel. Ihr Schulkleid verrutschte dabei und ihr gepunkteter Slip kam zum Vorschein. Tsira stand seelenruhig auf, zog ihren Rockschoß zurecht. Dann ergriff sie Sandro Schuruli, warf ihn sich wie ein Schaf über die Schulter und ließ ihn wuchtig zu Boden krachen. Dabei jauchzte sie aus vollem Hals. Die Lehrerin bestrafte sie nicht dafür, sondern beäugte Tsira über ihre Brille, als habe sie jemand ganz anderen vor sich. Auch wir entdeckten einen neuen Menschen in Tsira. Später kam raus, dass sie Ringkämpferin war, was unter uns zu langen Diskussionen führte. In Tsiras Anwesenheit aber schwiegen wir uns darüber aus. Es war tabu, genauso, wie vor einem potentiellen Selbstmörder über ein Seil zu sprechen. Tsira war ein einfaches Mädchen ohne körperliche Besonderheiten. Sie hatte glasige runde Augen, in denen sich ein Goldfisch wohl gefühlt hätte. Sie gehörte zu der Art Mädchen, die in den ersten Klassen Liebesgedichte schreiben und der Großmutter zum Geburtstag eine warme Strickjacke stricken. Wir wussten nicht, wer oder was eine Ringkämpferin eigentlich war, und wie wir mit so jemandem umgehen sollten. Wir waren außerstande, uns eine Sporthalle vorzustellen, in dem schweißgebadete Mädchen in Sporttrikots miteinander rangen. Ich habe mir Tsira auch dann nicht als Ringerin vorstellen können, als sie in Moskau bei der Spartakiade eine Silbermedaille errang.

Ich wollte weiterschreiben, aber bei den letzten Worten »eine Silbermedaille errang« vibrierte mein Handy, das ich für ausgeschaltet hielt, und meine Gedanken rissen ab.

Es war Salomé Asatiani vom Prager »Radio Freiheit«. Ich liebe sie alle drei auf eigene Weise: Salomé Asatiani, das Radio und die Freiheit. Sicher würde ich auch Prag liebgewinnen, ich war aber nur ein einziges Mal dort und habe außer Kafka kaum Erinnerungen daran. Damals schrieb ich einen kleinen Text für den Blog von »Radio Freiheit«. Salomé Asatiani überredete mich, zwischen Tbilissi und Berlin einen Abstecher nach Prag zu machen. Ausgerechnet im Winter. Sie meinte, wenn ich schon keine Lust hätte, sie zu besuchen, dann doch wohl wenigstens Kafkas Grab. Sie köderte mich damit wie einen Hund mit einem Knochen. Irgendetwas hat Salomé Asatiani an sich, was zugleich anzieht und abstößt. Es ist, als ob sie schon einmal gestorben ist und seitdem alles darüber weiß. Ihr Blick vermittelt einem den Eindruck, sie wisse alles über dich und es sei zwecklos, ihr etwas vorzumachen.

Nach unserem Telefongespräch konnte ich mich partout nicht mehr erinnern, was ich vorher noch schreiben wollte.

* * *

Kafka verfolgt mich schon lange oder ich ihn. So genau kann ich das nicht sagen. Ich wollte sogar mal meine Doktorarbeit über Kafka schreiben, wozu es dann aber nicht mehr kam. Inzwischen, das kann man so sagen, sind Kafka und ich befreundet. Er taucht immer wieder überraschend in meinen Texten auf, als sei er nicht das Produkt meiner Phantasie, sondern führe ein Eigenleben, in dem er nach Gutdünken durch meine Bücher und Sätze wandert. Nicht nur eine frühe Erzählung von mir heißt »Der Instant-Kafka«, sondern auch das Pseudonym für meine armseligen Anfangsschriften lautete Gregor Samsa, wie der Held aus Kafkas »Die Verwandlung«.

Irgendwann hatte ich das Gefühl, zwischen mir und Kafka bestehe ein unsichtbarer Faden, der mit der Zeit immer kürzer wird. Als wolle er mich langsam heranholen, näher zu sich und seiner Heimatstadt. Eben dieser Faden führte mich schließlich zum Neuen Jüdischen Friedhof Olsanske in Prag.

Vom Haupteingang sind es bis zu Kafkas Grabstätte um die zweihundert Meter. Auf dem Weg dahin fällt mir auf, dass auf den anderen Gräbern nur wenige Steine liegen. Die meisten Gräber sehen gepflegt, aber »leer« aus. Das Grab von Kafka und seinen Eltern ist hingegen so mit kleinen Steinen übersät, dass es mehr nach Deko als nach Gedenken aussieht. Kafka selbst ist eine der wichtigsten Dekorationen in Prag. Auf dem Prager Markt ist Kafka eine absolut konkurrenzlose Ware. Um ehrlich zu sein, finde ich diese Kafka-Inflation zum Kotzen. Von Tassen, Plakaten, Regencapes, T-Shirts, Notizbüchern, Briefumschlägen, Thermosflaschen, Abzeichen, Kugelschreibern, von überall schaut dich sein Konterfei an. Er ist auf Kalendern, Stickern, Postkarten, Lesezeichen, Kühlschrankmagneten, Streichholzschachteln, Flaschenöffnern und so weiter. In einem Laden war Kafkas Gesicht sogar auf einem Herrenslip abgebildet. Die gleichen Slips gab es auch mit Homer Simpson und Superman drauf. Wer weiß, was Kafka getan hätte, wenn er sich auf der Herrenunterwäsche zwischen Homer Simpson und Superman hätte sehen können. Vielleicht hätte er von Herzen gelacht. Die Eingeweihten wissen, dass Kafka einen wunderbaren Humor hatte. Immerhin ist er der Autor der berühmten Erzählung, deren Held sich eines Morgens beim Aufwachen in ein schreckliches Insekt verwandelt vorfindet. Kurzum: In Prag ist alles von Kafka durchdrungen, ja von ihm infiziert. So als wäre eines Tages ein besessener Stadtplaner durch die Straßen marschiert und hätte alles mit einer seltsamen Chemikalie, dem Antlitz von Kafka, besprüht. Prag ist ein Chronotopos, eine Raumzeit, in der Kafka alle Film- und Rockstars, Religionsoberhäupter und Topmodels an Bekanntheit übertrifft. Man muss sich diesen Ort als eine Art »Kafkasus« vorstellen.

Auch wenn mir die unzähligen Kafkas erst nach dem Besuch des Olsanske Friedhofs aufgefallen sind, ich hatte seinem Grab ohnehin keine besondere Bedeutung beigemessen, es nicht als sentimentalen Stimulator missbraucht. Dass in meinem Gehirn keine spezifischen chemischen Reaktionen ausgelöst wurden, während ich am Grab meines anspruchslosesten und angenehmsten Gefährten stand, erstaunte mich nicht. Ich empfand es weder als eine Entzauberung, noch als hätte ich eine Nabelschnur durchtrennt. Es hatte auch nichts Therapeutisches. Ich könnte meinen Besuch in einem Satz so zusammenfassen: Ich kam, ich sah, ich kehrte um.

* * *

Während wir heute zusammen mit Alissa Chihiro »Nu, pogodi« auf YouTube anschauten, verschlug es mir den Atem, als rasten wir mit der Achterbahn aus schwindelerregender Höhe hinab. So schutzlos habe ich mich lange nicht gefühlt. Ich hatte vergessen, dass in der elften Folge, als Hase und Wolf auf der Wippe sitzen, ein Lied im Hintergrund zu hören ist, ein schmerzlich bekanntes Lied aus Kindertagen. Es stammt von Blood, Sweat & Tears, mit deren Musik mein Vater mich immer in den Wahnsinn getrieben hat, wenn wir zu zweit mit dem Lada unterwegs waren und er ohne Ankündigung die Musik aufdrehte und aufs Gaspedal trat. Ich kenne keinen besseren Fahrer als meinen Vater, und heute klingt es irgendwie befremdlich, von der »Geschwindigkeit des sowjetischen Ladas« zu sprechen, aber in meiner Kindheit war das blitzschnell.

Ich bekam schon Gänsehaut, wenn mein Vater nur die Hand zum Autoradio führte. Die Zeit schien mit einem Mal langsamer zu vergehen. Es war eine Demonstration seiner Macht. Die Musik klang in diesen Augenblicken wie sein Triumphmarsch. Mein Vater raste also durch die Straßen, der Lada zog beeindruckende Abgaswolken hinter sich her. Keine Ahnung, was mein Vater mir oder sich damit beweisen wollte.

Erstaunlicherweise löste dieser Moment der Erinnerung eine Sehnsucht in mir aus, nach dem Lada meines Vaters, dorthin, wo ich mich so schutz- und hilflos gefühlt habe. Das mag daran liegen, dass die Vergangenheit im Laufe der Zeit immer angenehmer wird, da sie schon geschehen ist und keine Gefahr besteht, dass es doch noch schlimmer kommt.

* * *

Wir sind bis eben in Gummistiefeln durch den Humboldthain spaziert. Alissa Chihiro hat einen ganzen Eimer mit toten Vögeln gefüllt. Der Himmel hing den ganzen Tag grau über uns, aber es regnete erst am Abend. Da der Boden mit Nadeln und Blättern bedeckt ist, läuft man wie über einen feuchten Teppich, wenn man die toten Vögel, die wie Tannenzapfen herumliegen, einmal außer Acht lässt. Es gibt nichts Angenehmeres, als nach dem Regen durch den Humboldthain zu spazieren. Keine Menschenseele weit und breit. Absolute Stille, die wie Wasser die Ohren verstopft. Der eigene Herzschlag. Die frische Luft machte angenehm matt, die Gedanken schwelgten in Vergangenem, Fernem, der Kindheit. Gleich wird ein Zwerg hinter dem Baum hervortreten, ein munteres Lied singen, über der Schulter eine Axt und einen Sack voller Edelsteine. Ein Gefühl von Behaglichkeit überkam mich, und gleichzeitig war mir irgendwie mulmig. Mittendrin dann ereilte mich einer dieser Gedanken: Du hast den Gasherd nicht abgestellt, am Montag der Zahnarzttermin und nicht vergessen, die nächste Rate des Kredits steht demnächst an. Es ist immer das Gleiche: Geht Mohammed nicht zur Bank, kommt die Bank zu Mohammed.

* * *

Heute habe ich mir noch einmal »Die Ehe der Maria Braun« angeschaut. Und sozusagen als Nachtisch dann den Film »Nader und Simin – Eine Trennung«. Und ich fühle mich wieder bestätigt darin, dass es kaum Filmszenen gibt, die erotischer sind als die in der Mitte von »Nader und Simin«, in der die ohnehin umwerfende Leila Hatami ihr Kopftuch löst, das den ganzen Film über ihr Haar verbirgt um es neu zu binden.

Einen Augenblick ist ihr rotes Haar zu sehen und der Reiz, der davon ausgeht, ist stärker, als es nackte Haut jemals sein könnte. Als Zuschauer wird man unmittelbar zum Voyeur. Unwillkürlich muss ich an die Passage in Knut Hamsuns »Hunger« denken, als der Pensionswirt den namenlosen Ich-Erzähler durch das Schlüsselloch in das Zimmer schauen lässt, in dem dessen Frau im Beisein ihres paralysierten Vaters mit irgendeinem Sturmmann schläft. Max Ernsts Gemälde »Die drei Zeugen« hat auf mich immer einen ähnlichen Effekt. Wäre das Verprügeln des kleinen Jesus nicht reine Familiensache geblieben, wenn die drei Beobachter nicht durch das Fenster spähen würden?

Ich frage mich, ob auch jemand die Trennung von Salomé und mir beobachten oder zumindest verfolgen wird? Dass wir uns trennen, ist unvermeidlich. So verstehe ich die Emigration. Die Heimat kann nur verlassen werden, wenn alles abgeschnitten wird, was einen damit verbindet. Alles, was sich in eine innere Emigration verwandeln kann. Das ist ein rein technisches Detail. Wichtig ist der Moment, wenn die Vergangenheit abgeworfen wird, wie der Schwanz einer Eidechse. Zu fliehen, ohne sich umzudrehen, ohne einen Blick zurück, wenn vom Himmel Schwefel und Feuer niedergeht. Es ist ja bekannt, dass der Blick zurück nichts Gutes bringt, wie bei Lots Frau, die deshalb zur Salzsäule erstarrt.

* * *

Vielleicht ist es ein fragwürdiges Kompliment, aber dennoch ein Kompliment. Meiner Erfahrung nach schläft man nie zweimal mit derselben Frau. Kein Mann ist so vielfältig wie die Frauen. Mit Verlaub: Ich weiß, wovon ich spreche. Auch wenn es nicht so viele waren, veränderten sich alle, mit denen ich Sex hatte, so sehr während des Orgasmus, dass ich den Eindruck hatte, nicht in eine Frau, sondern in ein ganzes Wohnheim eingedrungen zu sein. Ich hatte mit einer berühmten Frau Sex und mit einer, die nach dem Sex mit mir berühmt wurde, auch wenn sich das nur auf den engeren Kreis beschränkte. Ich hatte Sex mit einer perfekten Frau, die beim Orgasmus schnaufte, als würde sie auf einen heißen Kloß pusten. Und mit einer Vegetarierin, die mich von oben bis unten ableckte, wie ein Hund einen Knochen. Ich habe auch schon mal mit einer Frau geschlafen, die eine sehr trockene Art hatte, aber beim Sex so viel Flüssigkeit produzierte, dass ich mich fragte, woher. Sie kochte fast in ihrer Flüssigkeit und ich mit ihr. Auch Salomé, die Frau mit dem eisernen Willen, »The Girl Who Blows Up Alarm Detectors«, beginnt vor dem Orgasmus sehr angenehm zu zwitschern. Im letzten Moment öffnet sie den Mund so weit, dass ich immer denke, gleich kommt wie bei der Wanduhr das Vögelchen heraus: *kuckuck, kuckuck* …

⋆ ⋆ ⋆

Heute bin ich vom Alexanderplatz zu Dussmann gelaufen. Ich wollte den neuen Roman von Jonathan Franzen kaufen. Ein Windzug wehte die Düfte des LUSH von der Friedrichstraße fast bis zum August-Bebel-Platz. Ich bin mir nie sicher, ob es ein Seifenladen oder eine Konditorei ist. Unvermittelt sah ich hinab durch das Fenster im Straßenpflaster in die »Bibliothek« von Micha Ullman. Kommt dieser Geruch, der einen immer fast erstickt, von dort unten? Die sterilen weißen Bücherregale sind so leer wie eh und je.

Kaum dass ich in die Georgenstraße eingebogen bin, sehe ich zwei junge Georgier. Beide mittelgroß, beide mit kurzgeschnittenem Haar und Dreitagebart. Sie fallen nicht auf, weder durch ihre Kleidung noch durch ihr Auftreten. Dennoch habe ich wie ein Infrarotscanner sofort erkannt, dass es sich um Landsleute handelt.

Sie bewegen sich auf eine für uns spezifische Weise in meine Richtung und unterhalten sich angeregt.

Während sie an mir vorbeigehen, kann ich folgenden Dialog belauschen:

»Weißt du, was das für'n Ding ist?«, fragt der eine.

»Was'n für'n Ding?«, fragt der andere.

»Na, ein ganz *anderes* Ding eben«, antwortet der erste.

»Klares Ding!«, bestätigt ihm der zweite.

Das war's. Ich setze meinen Weg fort und sie ihren.

Erst auf Höhe des Starbucks in der Friedrichstraße leuchtet es mir ein. Dieses »ganz andere Ding« ist so eine allgemeingültige Theorie bei uns! Eine Theorie, die alle physikalisch-mathematischen und grundsätzlichen Beziehungen in Georgien erklärt. Ganz Georgien, alle Georgier und alles Georgische ist ein »ganz anderes Ding«. Eigentlich ist auch das »Ding« überflüssig. Es ist nur Teil der Artikulationsfigur. Es reicht das Wort »anders«. Wir sind einfach ein »ganz anderes Volk«. Es gibt zu jeder Nation Stereotypen und feste Vorstellungen. Dass zum Beispiel der Russe nachlässig ist, der Brite hochnäsig, der Amerikaner optimistisch, der Deutsche pünktlich und so weiter und so fort. Aber der Georgier ist *anders.* Wir sind eine Gesellschaft mit beschränkter Haftung, mit anderen Worten: völlig verantwortungslos. Wir taugen weder als Terroristen noch als Zielscheibe der Terroristen.

Was Franzen betrifft, sein neuer Roman geht bei Dussmann wirklich weg wie warme Semmeln.

⋆ ⋆ ⋆

In einiger Entfernung ist immer wieder das muntere Keuchen der joggenden Bio-Mütter zu hören. Als ich den Wagen von Alissa Chihiro in den Humboldthain schiebe, laufen sie auch schon samt Bio-Kinderwagen an uns vorbei. Ihr Optimismus ermutigt mich, ihnen mit unserem ramponierten Caddy hinterherzueilen. Doch ich falle schnell zurück – meine Raucherlunge kann da nicht mithalten. Und dann weht vom Freibad eine Melodie zu mir herüber, Rezső Seres »Gloomy Sunday«.

Es gibt Musik, die man einmal im Leben hört und die einem nicht mehr aus dem Kopf geht. Ich meine nicht die Lieder, die das eigene Leben wie ein Soundtrack begleiten und die man immer wieder neu entdeckt, live auf einem Konzert oder in allen Nuancen auf einem besonders guten Audiosystem, sondern die Musik, die einen verfolgt, umkreist – wie der Mond die Erde, ob man will oder nicht. Diese Musik ruft sich immer wieder selbst in Erinnerung. Mal dringt sie aus dem Fenster eines Wohnblocks, mal aus einem vorbeifahrenden Auto, mal wird sie in irgendeinem Durchschnittsfilm angespielt. Damit meine ich nicht die großen Hits – »Hotel California«, »Sunshine Reggae«, »Lambada« oder »Macarena«. Aber »Gloomy Sunday« ist so ein Song. Diesmal war es eine Elektroversion. Aber wie sehr er auch verändert wird, selbst wenn er von Alvin und den Chipmunks gesungen würde, ich würde ihn sofort erkennen. Schon allein an dieser hymnisch traurigen Melodie. Ich kenne »Gloomy Sunday« in unzähligen Interpretationen: von Peter Leschchenko bis Billie Holiday, von Ray Charles bis Elvis Costello, von Serge Gainsbourg bis Björk.

*Gloomy is Sunday, with shadows spend it all;*
*My heart and I have decided to end it all;*
*Soon there'll be candles and prayers that are sad,*
*I know;*
*Let them not weep, let them know I'm glad to go.*

Die elektronische Version hörte ich zum ersten Mal, und es war nicht zu erraten, wessen Stimme als Vorlage gedient hatte, übrig war nur noch die mechanische Stimme eines Roboters. Es hätte ein Remix von Kraftwerk sein können.

Mit der Popularität von »Gloomy Sunday« kann es höchstens Brechts »Mackie Messer« aus der »Dreigroschenoper« aufnehmen. Auch diese zeitlose Ballade ist von diversen Interpreten gesungen und in viele Sprachen übertragen worden: von Louis Armstrong bis zum Kronos Quartett. Auch unter den sowjetischen Film- und Theaterstars war das Lied sehr beliebt.

*Und der Haifisch, der hat Zähne,*
*Und die trägt er im Gesicht.*
*Und Macheath, der hat ein Messer,*
*Doch das Messer sieht man nicht.*

Ich schob den Wagen in Richtung Rosengarten, dabei tauchten vor mir die Bilder der Vergangenheit auf: duftende Radiergummis, selbstgebaute Nunchakus, die Frauenzeitschrift »Burda« mit den Schnittmustereinlagen in der Mitte, das Fahrrad Desna-2 mit einer kleinen ledernen Werkzeugtasche unter dem Sattel, in der Badewanne gekühlte Weinkaraffen und Wassermelonen oder die selbstgemachte Nutella, die leicht nach Eiweiß schmeckte. Kugelschreiberhüllen, die als Papierpistolen dienten, und Geco-Munition, die wir aus der Antenne eines Moskwitsch bastelten. In Sparbüchsen umgewandelte Champagnerflaschen, durch deren engen Hals nur sowjetische Zehnkopeken passten … Das Lied erinnerte mich wiederum an ein Lied beziehungsweise einen Abzählreim aus meiner Kindheit:

*Rero Rero Fix*
*Alecanto Runto Ze*
*Alo Eli Chiki Chiki*
*Alo Eli Chiki Chiki*
*Runto Ze Runto Ze*
*Sopa Mila Sopa Mila*
*Ana Aka Dema*
*Ai Seve Rumpa*
*Ana Aka Dema*
*Rumpa Rumpa Rumpa pa*

Es erinnerte mich außerdem an den ersten deutschen Porno, den ich bei meinem Nachbarn auf Video gesehen habe und an die italienische Pop-Sängerin Sabrina.

Sabrina. Der Name hat sich ein für alle Mal in mein Gedächtnis gebrannt. Die Leiterin der Jungen Pioniere in unserer Schule, Manon Mania, schaute einmal während des Mathematikunterrichts durch die Tür in unser Klassenzimmer.

»Darf ich stören?«

In der Klasse brach das bienenstockähnliche Summen im Nu

ab und die Luft war dick und unter Druck wie das Gas in einem Ballon.

Manon Mania war eine attraktive Frau. Sie hatte einen großen Busen und dichte Augenbrauen. Sabrinas »Boys« war damals ein großer Hit in Georgien. Und auch wenn Manon nicht denselben Busen hatte wie Sabrina, dachten wir Schuljungen bei ihrem Anblick sofort an die Popsängerin. Manon Mania war also das Sexsymbol unserer Schule schlechthin, eine falsche Sabrina.

Der Mathematiklehrer, Herr Giwi, verließ sofort die Hypotenusen und Katheten an der Tafel und bat den Gast herein ins Klassenzimmer:

»Bitte, treten Sie ein, setzen Sie sich.« Er bot ihr seinen Stuhl an.

»Nein, danke, ich werde nicht lange stören.«

Keine Ahnung, was plötzlich in Herrn Giwi gefahren war, als er die Kreide auf die schmale Ablage legen wollte. Die Kreide fiel ihm aus der Hand, er wollte sie geschickt in der Luft auffangen, aber sie glitt ihm wie ein Fisch durch die Finger. Herr Giwi, der eigentlich immer ein sehr ausgewogener und friedlicher Mensch war, langte ungeschickt hinterher und wirkte dabei wie der Wolf aus dem Telespiel, das noch aus sowjetischen Prä-Nintendo-Zeiten stammte. Darin rennt der Wolf aus »Nu, pogodi« mit einem Korb hin und her und versucht, die Eier, die von vier Regalen gleichzeitig herunterpurzeln, in der Luft aufzufangen. Herr Giwi sah in diesem Moment aus wie der Tele-Wolf. Sein Jonglieren endete so, wie es enden musste. Die Kreide flog durch das offene Schulfenster hinaus nach draußen.

Obwohl die Situation äußerst unangenehm war, ließ sich die

falsche Sabrina nichts anmerken. Als hätte sie von dem der Kreide nachhechtenden Mann nichts mitbekommen, schwebte sie ruhig und elegant in das Klassenzimmer. Ein schwacher Geruch von Zigaretten und süßlichem Parfüm ging von ihr aus. Dann wandte sie sich an die Schüler der Klasse, die sie wie gebannt anstarrten:

»Wer von euch wird sich um das Pionieralbum der Klasse kümmern?«

Die ohnehin schweigenden Schüler hielten nun fast den Atem an.

Die Frage von Manon hing unangenehm in der Luft. Es war ganz klar, dass sich keiner dafür melden wollte. Ich stand langsam auf und verkündete: »Ich.«

Das passierte in einer Zeit, als die Kommunistische Partei in Georgien schon fast als faschistische Organisation betrachtet wurde. Ob Kaschpirowski, Baba Wanga oder Tschumak, all diese Quacksalber übten im ganzen Land großen Einfluss auf die Führer der Kommunistischen Partei aus. Ihre Telehypnosen wirkten wie Narkose auf die Bevölkerung. Doch in Georgien fand unterdessen eine ganz andere Form der Hypnose statt: die nationale Bewegung. Zwar hatten die georgischen Proletarier noch nicht die Einheitspartei verlassen, die Studenten nicht den Komsomol und die Lehrer die Pionierorganisationen, um sich dann später genauso einheitlich einen Bart wachsen zu lassen und in die Gemeinden der georgischen Kirche einzutreten. Aber die Freiheit lockte die Seele genauso wie ein klarer Bach einen Sprung verwundeter Rehe. Die totale Evangelisierung begann, das Ersetzen eines Totems durch ein anderes. Genosse Lenin wurde abgewickelt und in so kurzer Zeit durch den Heiligen Georg ersetzt, dass es den meisten Georgiern schwer fiel, die beiden zu unterscheiden. Im Prinzip gibt es zwischen ihnen auch keinen Unterschied. Beide bekämpften einen blutrünstigen Drachen, beide setzten sich für die Ärmsten ein, beide sind Märtyrer und beide auf gewisse Weise unsterblich. Auf jeden Fall in den Herzen der Gläubigen. Die Versammlungen der Kommunistischen Partei waren ja auch nichts anderes als modernisierte Eucharistien. Darüber hinaus wurde der Vater des Weltproletariats ja vermutlich von Syphilis dahingerafft so wie seinerzeit auch eine Großzahl der Benediktiner Mönche. Weshalb die weit verbreitete Ansicht, der heilige Georg sei nach dem Abschlagen seines Kopfes aus dem Leben geschieden, zweifelhaft klingt. Wie kann ein Mann nur durch das Abschlagen seines Kopfs sterben, der es zuvor überlebt hat, auf Diokletians Befehl nach schwerer Folter an das Rad eines Wagens gefesselt und über einen mit Dolchen bestückten Weg gerollt zu werden, ein Mann, der sich, nachdem er in tausend Teile zerstückelt worden war, wieder zusammensetzte wie der Terminator.

Heißt das vielleicht, dass auch der Heilige Georg, wie Lenin, an Syphilis litt? Die Frage muss doch erlaubt sein. Was kann einen Mann das Leben kosten, dem es in einer Kiste voller Nägel genauso bequem war wie in einer Hängematte?

Zurück zum Pionieralbum. Nicht nur die ganze Klasse und Herr Giwi starrten mich erstaunt an, sondern auch die falsche Sabrina. Es war, als hätte ich die Luft mit einem knatternden Furz verseucht. Damals war ich bereits aus den Reihen der Jungen Pioniere entlassen, wegen schlechten Benehmens. Ich hatte das Klassenbuch manipuliert. Dabei war es mir wirklich sehr gut gelungen, es geschickt zu entwenden und darin eine neue »Mitschülerin«, Lela Tschikobawa, einzutragen. Es war lange keinem aufgefallen. Zum einen war unser Land mitten in großen Umbrüchen, zum anderen wurden alle Einträge noch handschriftlich getätigt. Erst nach einem Monat, als unsere Klassenlehrerin diese Lela Tschikobawa anrufen und fragen wollte, warum sie die Schule nicht besuchte, flog die Sache auf.

Der Lehrerbeirat versammelte sich im Büro des Schulleiters an einem Tisch mit grünem Filzüberzug. Dem Direktor der Schule, Otar Lomidse, einem sehr gütigen und gemütlichen Mann, fiel die Rolle des Beobachters zu. Er saß also etwas abseits und schwitzte. In einer Ecke des Büros stand auf einem Holzpodest ein marmorner Leninkopf, der aussah, als sei er erst kürzlich enthauptet worden.

An diesem Tag schloss mich der Lehrerrat vor den Augen des Führers des Weltproletariats aus den Reihen der Jungen Pioniere aus, was eher ein Segen war als eine Strafe.

Einen wahren Segen erlebte ich dann später, als ich verkündete, mich um das Pionieralbum zu kümmern und die ganze Klasse, Herr Giwi und die falsche Sabrina sich allesamt zu mir umdrehten. Ihr Schweigen glich der Ruhe vor dem Sturm, einer bedrückenden, gefährlichen Ruhe. Auch wenn es aus heutiger Sicht nur ein Sturm in einem Wasserglas war, ist mir damals fast schwindlig geworden, ich war am Höhepunkt und im Moment seines Eintretens verließen mich schlagartig alle Kräfte. Es war nicht unangenehm, eher wie nach dem Orgasmus.

Was das Album betrifft, ich musste es nicht mehr betreuen. Am Ende des Schuljahres dachte keiner mehr an diese Alben. In Georgien wehte bereits der Sturm der Unabhängigkeit und die ganze Nation sang mit einer Stimme: »Lasst uns einander mit Tulpen beschenken.« Zu diesem Zeitpunkt waren die Demonstranten vor dem Regierungsgebäude bereits von den scharfen Kampfspaten der Sowjetsoldaten niedergemetzelt worden.

* * *

Alissa Chihiro bringt seit einigen Tagen immer wieder ein oder gleich mehrere neue Worte aus der Kita mit und verwendet sie wie eine Geheimsprache, einen Code oder Strophen aus Kirchenliedern. »DMC-12«, »Tacoma«, »Westfalia Camper«. Ich frage mich, wo sie die aufschnappt? Wer sammelt diese Worte zuhause und bringt sie dann in die Kita? Vielleicht versucht mir jemand, geheimes Wissen zu vermitteln, und die Kinder fungieren in dieser Kommunikation nur als unwissende Kuriere? Vielleicht ist dieses Wissen nicht nur für mich bestimmt? Vielleicht wird es breit gestreut, so wie die Menschheit hin und wieder die Beispiele ihrer Errungenschaften ins All sendet. Mir wird von den Erwartungen an meine unerfüllbare Mission schwindlig.

Ich kann und kann die Person nicht vor mir sehen, die im Sofa versunken dasitzt und wie ein Mantra wiederholt: Takoma, Takoma, Takoma … Ich stelle mir vor, er oder sie sitzt mit dem Rücken zum Fenster, im Gegenlicht, und ich kann sein Gesicht nicht erkennen; nur die verschwommene Silhouette seiner Schultern und seines Kopfes. Wie ein Hasardeur erwarte ich jeden Tag ungeduldig das neue Wort, die neue Botschaft, die mir Alissa Chihiro überbringt. Der gesichtslose Fremde bemächtigt sich meiner Gedanken und erobert meine Gefühle. Ich spüre, wie ich von ihm abhängig werde.

* * *

Mittags ruft mich mein Lektor Tom Müller aus dem Verlag an. Das Belegexemplar meines Romans ADIBAS sei aus der Druckerei eingetroffen, ich solle es mir anschauen. Die Ausgabe ist sehr gelungen, der Umschlag in echtem Kunstleder, der Titel in goldenen Buchstaben. Es sieht aus wie eine Bibel, die in den billigen Hotels in der Nachttischschublade neben der Minibar-Preisliste bereitliegt.

Mein Lektor hat einen so festen Händedruck, dass die Knochen meiner Finger knacken. Aber es beruhigt mich irgendwie. Würde ich ihn nicht kennen, könnte ich mir kaum vorstellen, dass so ein breitschultriger Mann das nötige Feingefühl besitzt.

Kurz bevor die Fahrstuhltür schließt, fällt mir ein Plakat am Eingang des Aufbau Verlags ins Auge. Unter der Abbildung des greisen Friedrich Hölderlin steht geschrieben: *Wir sind nichts. Was wir suchen, ist alles.*

Es ist schwer, auf dem Weg in den Verlag am Moritzplatz nicht bei Planet Modulor vorbeizuschauen, ein Geschäft, das sich im Erdgeschoss des Gebäudes befindet. Noch schwieriger ist es,

Modulor mit leeren Händen zu verlassen. Es ist kein Geschäft, sondern eine Falle. Vor allem da ich schon immer eine Schwäche für alle möglichen Schreibwaren und Bastelutensilien hatte. Es ist unmöglich, das Geschäft ohne irgendwas Nettes-aber-Sinnloses zu verlassen, auch wenn man weiß, dass es zu Hause nur herumliegen wird. Nichtsdestotrotz freut man sich darüber.

* * *

Am Sonntag ist im Mauerpark alles Mögliche zu finden, von der vietnamesischen Frühlingsrolle bis zu moldawischen Schuhen. Dabei ist die Qualität von allem so mittelmäßig, dass man die Frühlingsrolle als Schuh anziehen und auf dem Schuh wie auf einer Frühlingsrolle herumkauen könnte. Was es hier alles gibt! Gebrauchte Kindersocken und Fahrradersatzteile, Kletterseile und Cowboy-Zaumzeug, Magnete für den Kühlschrank und Plastikringe aus Tibet für fünf Euro, die dem Billigschmuck von Real für einen Euro fünfzig verdächtig ähneln. Der Verkäufer im Mauerpark versichert einem, dass er von jedem verkauften Ring die Hälfte des Erlöses an die Partisanenbewegung in Tibet überweisen werde. Wenn man etwas erstaunt fragt, welche Partisanen in Tibet er meine, sitzt man sofort in der Falle. Dann zeigt einem der Verkäufer ein Foto auf seinem iPhone, auf dem ein kahlgeschorener Mann unbestimmbaren Alters in rot-gelbe Tücher gehüllt und mit einer Kalaschnikow über der Schulter einem entgegenlächelt. Für eine so gute Sache ist man natürlich sofort bereit, fünf Euro zu zahlen. Man wird direkt außer Gefecht gesetzt, sowohl vom Lächeln als auch von der Kalaschnikow.

Wieder andere verkaufen nicht aufgeblasene Schlauchboote oder Matratzen und Kissen, sowie Bücher, Schreibutensilien, Türvorleger, Schlafsäcke, Ski, Rucksäcke, Videokassetten und Zauberwürfel.

Der Zauberwürfel und die Kalaschnikow sind zur selben Zeit in mein Leben getreten. Ersteren habe ich auseinander gedreht und nie wieder zusammenbekommen, letztere habe ich so gut beherrscht, dass ich sogar als Vertreter meiner Schule an der Spartakiade teilnehmen durfte. Beim Wehrunterricht konnte ich die Kalaschnikow in genau fünfzehn Sekunden auseinander nehmen und wieder zusammensetzen.

Weiter hinten verkauft jemand Postkarten, die er wie Spielkarten bei einer Patience vor sich ausgelegt hat, mit jeweils einem kleinen Stein darauf. So können die Postkarten mit Micky-Maus-Motiv, dem bunten Porträt von Erich Honecker und dem mit Bleistift gezeichneten Eiffelturm nicht vom Windzug der vorbeiziehenden Passanten vom Tisch gefegt werden. Auf einer Postkarte sind zwei Nobelpreisträger abgebildet: Heinrich Böll und Alexander Solschenizyn.

Das gleiche Foto habe ich schon mal im Heinrich-Böll-Haus in Langenbroich gesehen. So schön gepflegte Gärten wie in diesem Dorf, gibt es nur in der Beschreibung des Garten Eden in der Bibel, im Katalog von IKEA oder den Broschüren der Zeugen Jehovas. Die Ureinwohner von Langenbroich haben hier, in ihren dekorativen Vorgärten, nur noch ihre Alabasterfiguren und den wie einen Pudel kurzgeschorenen Rasen abzustauben, die Goldfische im Teich zu füttern und am späten Abend die Müllcontainer auf ihren weichen Rädern zur Straße zu rollen.

Diese sehen so steril aus, dass man sie auch für den Organtransport benutzen könnte.

Diese Idylle wird einzig vom Heinrich-Böll-Haus gestört, das mit seinem ramponierten Zaun und seinen vergilbten Fenstern im Vergleich zu dem allgemeinen Wohlstand irgendwie deplaziert aussieht. Ganz zu schweigen vom Hürtgenwald, der Langenbroich angrenzt und von tiefen Gräben durchzogen ist. Das hat nichts mit der geologischen Situation zu tun, sondern mit den Bomben, die hier detoniert sind. Genau hier verlief die Verteidigungslinie zwischen der US-Armee und der Wehrmacht. Die Schlacht im Hürtgenwald dauerte fast sechs Monate, von September 1944 bis Februar 1945, auch wenn sich die Angaben hierzu unterscheiden. Es war die längste Schlacht, die während des Zweiten Weltkrieges auf deutschem Boden geführt wurde und mit dem Sieg der Wehrmacht endete. Auch wenn die US-Armee der Wehrmacht unter Walter Model zahlenmäßig dreifach überlegen war.

Das Foto von Heinrich Böll und Alexander Solschenizyn hängt im Empfangszimmer des Heinrich-Böll-Hauses. Es wurde 1974 dort aufgenommen, kurz nachdem Solschenizyn aus der Sowjetunion ausgewiesen worden war. Auf dem Foto sticht ein Detail besonders ins Auge: Der eine trägt einen Schnurrbart, der andere nur eine Schifferkrause. Das sind ganz unterschiedliche Bärte. Beim Anblick von Heinrich Böll merkt man, dass der Schnurrbart für ihn nur ein Schmuck zum Vergnügen ist. Bei Alexander Solschenizyn ist es eine ganz andere Sache. Es ist ein wohl überlegter, ernsthafter Bart.

Der als Kritiker der Stalinistischen Repressionen bekannte

Solschenizyn hat mit seinem Schaffen willkürlich oder unwillkürlich zu Stalins Glorifizierung beigetragen, in jedem Fall dessen Mythos keineswegs geschadet. Zumindest kommt mir das so vor, wenn ich ihn ohne Schnurrbart sehe. Als Bewohner der UdSSR, wo noch Stalins langer Schatten über allem lag, traute sich Solschenizyn nicht, einen Schnurrbart zu tragen. Als ob er ganz tief, auf molekularer Ebene, spürte, dass nur der Vater oder auch der Schatten des Vaters in der Volksfamilie das Recht hatte, einen solchen Bart zu tragen.

Es ist unumstritten, dass Solschenizyn mit seinem allumfassenden Anspruch ein sehr wichtiger Autor ist, zugleich aber auch einer, der sich viel zu ernst genommen hat, sodass er irgendwo zwischen Tolstoi und Dostojewski steckengeblieben ist. Er avancierte weder zu einem Verurteilten auf dem Schafott, über dessen Kopf der eisige Wind die Schlinge baumeln lässt, noch zu einem uralten Mann im Schaukelstuhl auf der Veranda, der in den Herbstabend starrt und dessen langer weißer Bart im lauwarmen Windhauch wogt. Wobei der Unterschied zwischen diesen beiden Szenarien sich vor allem auf den Wind beschränkt, genauer gesagt auf die Temperatur des Windes.

Solschenizyn war immer ein sehr ernster Mann ohne Humor, der tragische Held einer großen Komödie. Und das ist ganz verständlich, da der Humor aus dem Gulag verbannt war wie der Poet aus dem idealen Staat. In der Sowjetunion konnte sich nur einer von Herzen vergnügen, nämlich der Autor der Komödie: Iosseb Bessarionis dse Dschughaschwili, bekannt als Stalin.

* * *

Neben dem gigantischen Dussmann findet man in Berlin immer wieder winzige Buchläden, die wie Schatzinseln hier und da in den Ozean gestreut sind. Darin trifft man selten jemanden außer dem Verkäufer an, der oftmals wie Robinson Crusoe allein auf seiner Insel hockt. Wenn man den Laden betritt, zeigt der Verkäufer tatsächlich häufig die gleiche Reaktion wie Robinson, als er auf seiner menschenleeren Insel Fußspuren entdeckt. Er verliert in diesem Moment fast den Verstand.

So eine Buchhandlung gibt es auch in der Bellermannstraße, dessen Käufer und Verkäufer ein und dieselbe Person sind, nämlich der ausgemergelte Ahmed. Das Lesen hat ihn augenscheinlich in diesen Zustand versetzt. Wann immer man in den Laden kommt, ist sein Kopf in ein Buch versunken, das Gesicht so nah über den Seiten, als würde er nicht lesen, sondern die Buchstaben mit der Nase einsaugen. Bei seinem Anblick fällt einem unwillkürlich das Gemälde von Carl Spitzweg »Der Bücherwurm« ein. Mit seinem aschfahlen, zerzausten Haar und den glühenden dunklen Augen erweckt er den Eindruck eines Irren. Ein wenig merkwürdig ist dieser Mann schon. Ein vernünftiger Mensch hätte doch niemals einen Buchladen in dieser verlassenen Straße eröffnet.

Schon der Namen des Buchladens ist merkwürdig: »Belle de Jour«. Die roten Neonröhren leuchten bei Tag und Nacht über dem Schaufenster wie über einem notdürftig als Massagesalon getarnten Bordell. Man braucht nur fünf Minuten dort auszuharren, was ja das Mindeste ist, wenn man den Geruch von Büchern mag, und schon zieht einen Ahmed ins Gespräch. Ganz nebenbei serviert er grünen Tee und Kandiszucker und macht mich mit seinem vielen Gerede ganz meschugge im Kopf. Bei sonnigem Wetter präpariert er auch mal eine Wasserpfeife mit Honigtabak. Dann sitze ich auf einem wackligen Stuhl vor dem Laden. Er lässt mich den süßen Rauch inhalieren und selig verweilen. Dabei kann ich sein Gemurmel kaum vom Gluckern der Wasserpfeife unterscheiden.

* * *

Ernst Jünger und Anne Frank: zwei völlig unterschiedliche und sehr ähnliche Tagebücher. Beide wurden zur selben Zeit und unter extremen Bedingungen geschrieben. Stellt man sich beide als einen rekursiven Text vor, so wie das »Stefaneschi Triptychon« oder ein Tagebuch im Tagebuch, versteht man die Mechanismen, die ihnen am Ende zwei gegensätzliche Rollen zugewiesen haben: ihm die des Peinigers, ihr die der Zu-Bestrafenden. So wie die zwei Enden eines Stocks ergeben sie die Vorstellung vom Ganzen.

* * *

Heute waren Alissa Chihiro und ich in der Georgischen Botschaft, um für sie einen Ausweis ausstellen zu lassen. Während der Konsul die Papiere bearbeitete, lud mich der Botschafter in sein Büro. Ich kannte Lado Tschanturia schon, bevor er zum Botschafter ernannt wurde. Er war stets ein sehr angenehmer und höflicher Mensch. Nur weiß ich nicht, was ihn dazu bewogen hat, sein Büro in einen Heiligenaltar zu verwandeln. An den

Wänden hängen Ikonen und Bilder des Patriarchen der Georgischen Orthodoxen Apostelkirche.

Darüber staunte ich so sehr, dass ich nicht umhin konnte, ihn, während wir Kaffee tranken, direkt zu fragen, was es damit auf sich habe.

»Stört doch keinen.« Er schaute zur Wand, lächelte verlegen und fügte hinzu: »Wir werden ja auch hauptsächlich von Georgiern, das heißt Anhängern der Kirche, aufgesucht.« Das wollte ich nicht so stehen lassen und erwiderte, das sei doch nicht mit Konformismus zu erklären. Ich fragte ihn, ob er denn etwa eine LGBT-Delegation mit Dildos und Strap-ons an der Wand empfangen würde?

Ich glaube, er war daraufhin beleidigt, ließ es sich aber nicht anmerken und wechselte das Thema. Es stellte sich heraus, dass die Georgische Botschaft von Zeit zu Zeit berühmte Leute aus Georgien für gemeinsame Veranstaltungen einlädt. Stolz erklärte mir der Botschafter, dass sie vor Kurzem einen Abend zu georgischem Wein organisiert hätten, den der berühmte Sommelier Malchas Charbedia geleitet hatte.

Georgien ist ein kleines Land, weswegen ich leider oder zum Glück diesen Malchas kenne. Er lebte damals mit seinem hübschen Cocker-Spaniel im gleichen Tbilisser Stadtviertel wie ich. Zwar habe ich den Namen des Cocker-Spaniels vergessen, kann mich aber entsinnen, dass er nach einer Rebsorte benannt war, »Zizka« oder »Chichwi«, glaube ich. Wahrscheinlich eher Zizka. Jeder im Viertel kannte die kugelrunde Zizka mit ihren herunterhängenden Ohren und dem gewellten Haar, das stets glänzte wie eine große Perücke auf dem Kopf einer kleinen Frau. Und überhaupt schaute Zizka einen immer sehr kokett an. Oft traf man die Hündin ohne ihr Herrchen allein im Hof, alle Ecken und Winkel beschnüffelnd, auf der Suche nach einer geeigneten Stelle für ihr Geschäft. Irgendwie waren sich Herr und Hund sehr ähnlich. Beide kannten sich bestens mit den verschiedensten Aromen aus. Später wurde erzählt, dass Strubbel-Juri, ein bekannter Säufer aus unserem Viertel, sich die arme Zizka vorgenommen hatte wie ein Spanferkel. Malchas Charbedia schrie und tobte oben auf seinem Balkon, konnte der armen Zizka aber nicht helfen. So wurde es erzählt, ich war nicht zu gegen. Danach wurde Zizka nicht mehr gesehen.

Inzwischen war der Konsul wieder dazugestoßen. Als er mir den neu ausgestellten, fast noch warmen Ausweis reichte, fragte er mich etwas verlegen, warum wir das Kind Alissa Chihiro genannt hätten.

Wir wussten bis zuletzt nicht, wer aus Salomés Bauch purzeln würde, ein Junge oder ein Mädchen. Für die Eltern sollte das keinen Unterschied machen, wie der Geschmack von Cola und Pepsi, aber es macht doch einen. Für mich zumindest. Bei einer Blitzumfrage direkt vor dem Kühlregal eines Getränkehandels würde jeder, der sich mit diesen erfrischenden Softdrinks auskennt, mir beipflichten. Dabei muss man kein Feinschmecker sein. Wer mit seinen Geschmacksrezeptoren und den schwachen Signalen der Speicheldrüsen »CocaCola« von »Pepsi« unterscheiden kann, wird auch ein weibliches von einem männlichen Wesen unterscheiden können. Ich wünschte mir jedenfalls eine junge Dame. Und aus irgendeinem Grund, obwohl mein Wunsch ja wahrlich keinen Einfluss haben konnte, war ich mir sehr sicher, dass er in Erfüllung gehen würde. Ich war und bin stets von Frauen umgeben: meine Großmütter und meine Mutter, meine Töchter und Frauen, dazu deren zahlreiche Großmütter, Mütter, Schwestern und Töchter, all diese barmherzigen Schwestern umkreisen mich seit jeher wie eine Leibwache. Soweit ich zurückdenken kann, war mein Leben immer ein persönliches »Achteinhalb« in den Kulissen von »Stadt der Frauen«.

Salomé habe ich davon nichts erzählt. Sie ist eine kluge Frau, würde aber den Vergleich von Mädchen und Jungen mit Pepsi und Cola nicht besonders gutheißen. Einmal habe ich mich getraut, sie zu fragen, was sie sich wünschen würde, wenn sie die Wahl hätte. Sie strich sich über den Bauch, zuckte mit den Achseln und meinte: »Was macht das für einen Unterschied. Selbst wenn es ein Kätzchen wäre?« Für eine Mutter ist es wohl tatsächlich einerlei, ob es ein Junge, ein Mädchen oder ein Kätzchen ist. Salomé sieht außerdem auch ein wenig aus wie eine große rothaarige Katze, besonders wenn sie gähnt.

So kamen wir nicht voran, einen Namen brauchten wir ja auf jeden Fall, auch für ein Kätzchen. Wir verabredeten ein Gespräch. Ich schlug vor allem internationale Frauennamen vor, die wie Pepsi oder Cola überall auf der Welt vertraut klingen würden.

Ich hatte keine Lust, dem Konsul zu erklären, dass ich mit Salomé im allerletzten Moment entschieden hatte, im Ausweis unseres allerwichtigsten Wesens die Namen unserer Lieblingsmärchenhelden zu vereinen. Auch in der Hoffnung, Alissa Chihiro werde schon bald ihre Namensgeber ebenfalls ins Herz schließen. So trafen, in der Geburtsurkunde eines in Deutschland geborenen georgischen Mädchens, die Alice, oder wie wir sie kennen, Alissa des Engländers Lewis Carroll und die Chihiro des Japaners Hayao Miyazaki aufeinander.

Dem Konsul sagte ich, die Großmutter meiner Frau heiße Alissa und meine eigene Chihiro.

* * *

Was, wenn anstelle eines Bettlers auch mal ein Reicher in die U-Bahn kommt, sich in die Mitte des Waggons stellt, mit einer Ausgabe von »Forbes« in der Hand, auf der er selbst abgebildet ist, und laut verkündet: »Meine Damen und Herren, ich bin ein wohlhabender Mensch. Wenn ich aufzählen wollte, wie viele berühmte Gemälde, Yachten, Inseln und vieles andere ich besitze, würde die Zeit nicht ausreichen. Um Ihnen eine Vorstellung von meinem Reichtum zu geben, sei nur gesagt, dass selbst Fabergé-Eier für meine Kinder so wertlos sind wie Eierschalen. Von den kleinen Plastikspielzeugen aus der Kinderüberraschung hingegen, die ich extra ihnen zuliebe hineintue, können sie nie genug bekommen. Ich bitte Sie, Ihnen helfen zu dürfen, nach Möglichkeit jedem.«

* * *

Berlins Sehenswürdigkeiten bieten ein breites Spektrum, von der Quadriga bis zum Fernsehturm. Aber die wahren Berliner Sehenswürdigkeiten sind die Dinge, die aus den Wohnungen verbannt und auf dem Bürgersteig abgestellt werden. Beim Spazierengehen stoße ich immer wieder darauf. Zum Beispiel ein Fernseher, dessen Kabel so unter dem Kasten hervorguckt, wie der Schwanz eines sitzenden Hundes. Oder ein Regal samt Büchern oder ein Klobecken, in dem ein Blumentopf steckt wie eine Kunst-Installation. Ab und zu stoße ich auch auf ein Paar sauber platzierte Schuhe, als hätte sie jemand im Gehen mitten auf der Straße ausgezogen und wäre dann barfuß weitergelaufen. All diese Dinge warten mitten auf der Straße auf einen neuen Besitzer oder den Müllmann. Die Hauptattraktion sind aber die Matratzen. Schmutzige, abgenutzte Matratzen, mit Abdrücken in der Mitte, in denen ich versuche, die ehemaligen Eigentümer zu erkennen.

* * *

Heute erklärte mir mein Lektor im Verlag, ich ähnele aus irgendeinem Grund Walter White.

Er sei nicht der Erste, der mir das sagt, log ich instinktiv. Besser zu lügen als zu erklären, dass ich mir den Kopf irgendwann wegen psychologischer Probleme kahl geschoren hatte und es dann zur Gewohnheit geworden war, das Rasiermesser am Kopf anzulegen. Ich schwieg auch davon, dass ich mich seither vor anderen verschließe und mit zunehmendem Alter immer argwöhnischer werde. Die Rasur meiner Haare gleicht zunehmend einem Skalpieren, und ich versinke immer tiefer in das Abenteuer mit dem Codenamen *Zaza Burchuladze*.

Dieses schufen die georgischen Medien vor einigen Jahren.

Natürlich nicht ohne meine Hilfe. Es diente als eine Art Avatar. Ursprünglich gab es nur eine Skizze, die ich mit der Zeit vervollständigte, um ein Markenzeichen daraus zu machen wie die fließenden Uhren von Salvador Dalí oder der McDonald's-Clown. Nur eben auf Tbilissi beschränkt.

Zuerst war Zaza Burchuladze ein hoffnungsvoller Autor, der in kleinen Auflagen und mit sehr bibliophiler Ausstattung publiziert wurde. Das hat mir missfallen. Denn hoffnungsvoll heißt doch nichts anderes, als dass alles noch bevorsteht oder alles schon hinter einem liegt. Je nachdem wie man es betrachtet. So jemand hat nichts in der Hand, außer der Hoffnung und was ist die wert? Grau zu sein und weder schwarz noch weiß, ist für einen Tagträumer nicht besonders reizvoll. Deshalb habe ich den engen literarischen Rahmen ganz bewusst verlassen und meinen Namen zu einem allgemeinen Gebrauchsgegenstand gemacht. Deshalb war Zaza Burchuladze in den Nullerjahren schon vielen ein Begriff, auch denen, die mit Literatur nichts am Hut hatten. Mein Ziel war es, so bekannt zu werden, dass jeder das Gefühl haben würde, mich in- und auswendig zu kennen und niemand auf den Gedanken kommen würde, nach so etwas wie meiner Seele zu suchen, die ich nicht besitze. Viel mehr als die Lust an der Verwirrung oder dem Willen, die Dreifaltigkeit der georgischen Moral zu erschüttern, trieb mich die Angst, als der entlarvt zu werden, der ich wirklich war.

Ganz ohne war es nicht. Vor allem in Georgien, einem Land, in dem man keinerlei Privatleben hat, sich nirgendwo verbergen kann und die Gesellschaft so geschlossen ist, dass man jederzeit von einer klaustrophobischen Attacke übermannt werden kann. Nachts sieht der Nachbar deine Träume an seiner Wand und der Fernseher ist dein Familienmitglied. Das Fernsehen hat meinem Vorhaben sehr geholfen. Ich nutzte jede Gelegenheit und trat, wann immer das möglich war, im Fernsehen auf. Es ist eine Binsenweisheit oder eine Sage aus dem Internet, dass sich Gott vor dem Menschen in dessen Herzen versteckt. Aber es stimmt. Wenn man sich verbergen will, muss man ständig im Schaufenster stehen. Da stand ich also, wie Jona im Bauch des Walfischs. Es gilt, sich vor dem Unheil im Unheil zu verbergen. Dabei habe ich so getan, als hätte ich nichts zu verbergen, im Gegenteil, ich war wie ein Weihnachtsbaum mit allem behängt, was mich auszeichnete.

Das war in Tbilissi. Dergleichen gilt hier nicht. In Berlin habe ich, hat jeder so viel Privatleben, dass es kein Schwein interessiert, wenn einer auf Rollerskates und mit einem Propeller auf dem Kopf nackig durch die Stadt fährt und laut schreit: Ich bin ein Esel und blöke laut. Hier gibt es so viele Typen mit geschorenem Kopf wie Rauchercafés. Ich muss es also offenbar als Kompliment verstehen, wenn mich jemand, und sei es der eigene Lektor, mit der Figur einer vergangenen TV-Serie vergleicht.

* * *

Ich stehe direkt an der Ecke Bad- und Pankstraße und schaukle den Kinderwagen, bis die Ampel grün wird, damit Alissa Chihiro nicht aufwacht.

Auf dem Tisch vor dem Imbiss neben uns liegt ein ganzer Döner auf einem Plastikteller. Allem Anschein nach hat jemand nur einmal hineingebissen und ihn dann so liegen lassen. Aus dem Döner ragen Fleischfetzen wie Härchen aus der Nase eines Mannes. Eine Wespe kreist über dem Teller. Das Insekt kann sich nicht entscheiden, ob es seine Zangen in den Döner graben soll oder nicht. Kaum nähert es sich ihm summend, fliegt es wieder davon. Als wenn es dem Döner nicht traute. Aus dem Imbiss kommen immer wieder Geruchsschwaden von heißem Öl, frischem Grünzeug und gebratenem Fleisch.

Drei Männer mittleren Alters nähern sich dem Tisch. Der eine trägt ein Tablett mit kleinen Teetassen und einer Kandisschale. Sie sind sich nicht ganz sicher, ob sie an dem Tisch Platz nehmen sollen, und beäugen den Döner misstrauisch. Sie sehen wie wohlhabende Türken aus, aber nicht goldbehängt. Die Orientalen haben gelernt, auch ohne Gold den Eindruck von Reichtum zu erwecken. Zwei von ihnen, beide dick und klein, haben stämmige Beine. Der Dritte, groß und hager, steht ein wenig vornübergebeugt. In der Abendsonne wirkt ihre Hautfarbe noch dunkler. Die Dicken sind gekleidet wie Zwillinge: Brioni Anzüge, lila Hemden und spitze schwarze Lackschuhe. Sie lachen über das ganze Gesicht und ihre kahl rasierten Wangen glänzen wie Nickel. Der Dritte ist schlichter gekleidet: graues Sakko, weißes Hemd und beigefarbene Mokassins. Für die Mokassins findet sich noch eine Erklärung, zum Beispiel eine orthopädische, aber wieso ausgerechnet beigefarbene? Sein silbergraues Haar ist etwas zerzaust, ein erfolgsverwöhntes Lächeln umspielt sein Gesicht und hinter der Lesebrille leuchten seine schlauen mandelförmigen Augen. Er erinnert mich an Orhan Pamuk. Ich glaube, er weiß das und imitiert ihn bewusst. Überhaupt steht er sehr stolz da, vergewissert sich im Augenwinkel der Anerkennung seiner Umgebung, was ihm vor allem bei seinen beiden Begleitern auch gut gelingt. Aber anscheinend genügt ihm das nicht. Ich frage mich, bei wem er, außer den beiden, noch Eindruck schinden will. Wer würde in diesem abgelegenen Berliner Imbiss in ihm schon den türkischen Romancier erkennen, außer ein, zwei Leseratten wie mir? Kein Autor steht heutzutage so hoch im Kurs, als dass sein Duplikat außerhalb von überschaubaren bibliophilen Kreisen wirklich was gelten würde. Tatsächlich beschränkt sich der Wert von fast allen guten Autoren ja meist auf diese geschlossenen Kreise, und in allen gibt es unterschiedliche Wechselkurse. Einen offenen Kreis gibt es so oder so nicht.

Die beiden dicken Türken wirken keinesfalls wie Leseratten und trotzdem sind sie voller Ehrfurcht gegenüber dem falschen Pamuk. Oder ist es der echte Pamuk, der sich als sein Duplikat ausgibt? Heutzutage kann man sich nie ganz sicher sein.

Der türkische Regisseur Nuri Bilge Ceylan sagte mir einmal, dass er und Orhan Pamuk früher im selben Stadtviertel gewohnt hätten. Pamuk, erklärte mir Ceylan, käme aus einer wohlhabenden Familie und habe immer abseits gestanden. Mit den Jungs aus den weniger begüterten Familien habe er nicht gespielt. Vielleicht trug der junge Pamuk schon damals beigefarbene Mokassins.

Ein deutscher Bekannter von mir sagte einmal: »Ich glaube, Orhan Pamuk geniert sich unter reichen Europäern, weil er ein Türke ist, und unter armen Türken, weil er reich ist.« Es wäre also besser, wenn »Das Museum der Unschuld« so hieße wie die berühmte Telenovela »Auch die Reichen weinen«. »Das Museum der Unschuld« ist eine Sache für sich. Es ist ein Roman über die Qual (die Qual als Zustand und nicht als Prozess), das heißt, er handelt von uns Georgiern. Wer kennt schon fröhliche und sorgenfreie Georgier? Nicht nur unsere Ikonen haben einen wehklagenden Gesichtsausdruck, auch unsere berühmten mythologischen Helden haben es schwer. Ob Medea oder die Ikonen, egal, »Das Museum der Unschuld« ist ein großer georgischer Roman. Bei genauer Lektüre spürt man in seinem Autor großen Schmerz und eine tiefe innere Unruhe. Er leidet und lässt den Leser mit sich leiden. Ich habe zumindest nie so gelitten wie am »Museum«. Dabei bin ich ein begeisterter Leser, sogar der Telefonbücher. Aber wenn ich nichts von Leiden und innerer Unruhe verstehen würde, wäre ich kein Georgier.

Um das zu erläutern, möchte ich den Beitrag über das Buch zitieren, den ich vor ein paar Jahren für »Radio Freiheit« geschrieben habe:

Der Nachkomme einer reichen Istanbuler Familie, ein Geschäftsmann namens Kemal, verliebt sich in seine entfernte Verwandte Füsun, was schnell pathologisch wird. Kemal ist der glücklichste und unglücklichste Mensch zugleich. Die Verliebten treffen sich über den Zeitraum von anderthalb Monaten fast jeden Tag heimlich im Apartment »Nişantaşi«, wo sie sich leidenschaftlich dem Sex hingeben. Dabei verliert Füsun nicht nur ihre Jungfräulichkeit, sondern auch ihren Ohrring. Das wiederum ist ein sehr wichtiges Detail, denn die Essenz des ganzen Buches liegt im Berühren, Aufbewahren und Pflegen, sowie in der Begeisterung für die kleinen Dinge. Wenn Füsun in diesen anderthalb Monaten nicht in Kemals Nähe ist, liegt er häufig auf dem Bett und streicht mit der Hand über die Gegenstände, denen eine Spur, der Duft oder Lippenstiftabdruck seiner Geliebten anhaftet. Schließlich verschwindet Füsun aus Kemals Welt. Sein Leben besteht nun aus endlosen Jahren, Monaten, Wochen, Tagen, Stunden, Minuten und Sekunden der Eifersucht und Hoffnung. So verwandeln sich die von Füsun berührten Gegenstände in Heiligtümer, Füsun selbst in einen Wunschtraum, Kemal in einen nostalgischen Fanatiker. Und als Füsun plötzlich wieder in sein Leben tritt, ist sie von Kemal schon über alle Maßen idealisiert. Sie wird von ihm in alle Gegenstände hineinprojiziert, die sie berührt hat. Alles trägt ein Zeichen von Füsun, alles atmet das Wesen von Füsun. Er beschreibt nicht nur sehr genau und mit fast fotografischer Genauigkeit jeden einzelnen Gegenstand (die Löffel, Haarspangen, Zahnbürste, Zigarettenkippen), sondern entwendet diese aus Füsuns Wohnung, um sie ins Apartment »Nişantaşi« zu bringen. Dort liegt er dann auf dem Bett, streichelt sie und beschwört in seinen Gedanken ihr Gesicht, ihre Bewegungen und Gesten, ihren Blick oder die gehobene Augenbraue. Füsun selbst wird zu einem fleischgewordenen Traum. Dabei kann man alles berühren, außer den Traum selbst, wenn man nicht bestraft werden will. Kemal hat sich an dem Traum vergangen und ihn damit getötet. Das ist seine Schuld. Ob bewusst oder unbewusst. Deshalb ist »Das Museum« für mich ein großer georgischer Roman. Denn Kemals Erlösung ist das Leiden. In Georgien fassen wir das folgendermaßen zusammen: »Wir leiden, also leben wir«.

Jeder trägt sein Kreuz, das zugleich die eigene Wahl und das eigene Schicksal ist. Dazu schreibt der georgische Dichter Tariel Tschanturia: »Tausche Christus gegen Satan, tausche Christus gegen Satan, wenn er mir mein Kreuz auf den Golgatha trägt.«[7]

* * *

Es ist Ende Juli, und man kann nicht ohne Jacke aus dem Haus gehen. Der Wetterprognose zufolge kommen seit einigen Tagen kalte Luftmassen aus Skandinavien nach Berlin. Und diese bitterkalte Brise gibt mir eine Ahnung davon, wieso jemand aus diesen Breitengraden auf die Idee kam, eine Märchenfigur mit einem Herz aus Eis zu erfinden. Ich aber stamme aus einem Land, in dessen Folklore überall Sonnenjungen, Sonnenräder oder andere Sonnenschönheiten vorkommen.

* * *

Zwar bin ich heute Morgen beim Aufwachen ein wenig aufgewühlt, aber das macht nichts. Ein wenig Unruhe muss sein, damit man nicht ermattet. Auch in der Nacht habe ich ganz gut geschlafen. Ein oder zweimal wurde ich von einem Alptraum geweckt, aber das macht nichts. Wenn man nicht völlig verbissen und herzlos ist, wird man immer von Alpträumen geweckt. Hin und wieder ist auch Fieber eine nützliche Sache. Mit dem Alter sollte man sich an die Liebkosungen der Hölle gewöhnen.

Die siebte Stunde ist gerade angebrochen. Alissa Chihiro schläft in ihrem Bett. Salomé liegt zusammengerollt neben mir:

Ihre Stirn ist bedeckt von ihrem rötlichen, gewellten Haar, ihre kleine Nase ist gesprenkelt von Sommersprossen und Schweißperlen. Das halbe Gesicht in das Kissen gedrückt, summt sie beim Atmen wie eine Mücke. In diesen Momenten verspüre ich an Salomé etwas mythisch Entrücktes. Ich glaube fest, dass, wenn man ihr den Kopf abschlagen würde, ihr sofort zwei neue wüchsen.

Jeden Morgen, wenn ich aufwache, befürchte ich, dass sie nicht mehr da ist, und staune dann, wenn ich sie neben mir liegen sehe. Ich staune, dass sie noch nicht begriffen hat, dass ich nicht so bin, wie sie glaubt. Salomé sieht mich noch immer als einen etwas faulen Superhelden, mit festen moralischen Prinzipien und hohen Idealen, der riesige Steine ins Rollen bringen und sich durch Stahl beißen könnte, wenn da nicht seine Faulheit wäre. Sie übersieht dabei das kahlköpfige Männlein mit seinen Neurosen, Marotten und Ängsten, das bestenfalls in der Lage ist, mit den Augen zu rollen und an den Fingernägeln zu kauen. Für meine Kahlköpfigkeit hat sie sogar eine Erklärung: Kurzgeschorene seien eher coole Typen und hätten das Potential eines Anführers. Sie will nicht verstehen, dass ich mir den Kopf deshalb glattrasiert habe, weil mit mir einiges nicht in Ordnung ist und eines meiner Rituale eben darin besteht, morgens das Rasiermesser anzulegen. Wir sind schon seit vier Jahren zusammen. Ganze vier Jahre! Wann wird sie mich so sehen, wie ich bin?

Vielleicht liegt es daran, wie wir zusammengekommen sind. Das mag banal klingen, aber der Zufall wollte es, dass ich mir Salomés Film »Bachmaro«[8] angeschaut und Salomé meinen

»ADIBAS« gelesen hat. Vorher sind wir uns nie begegnet. Für Tbilisser Verhältnisse, wo jeder jeden kennt, ist das eher ungewöhnlich. Aber wir haben uns getäuscht, das heißt unsere Werke haben uns gegenseitig getäuscht. Ich hatte mir die Regisseurin von »Bachmaro« ganz anders vorgestellt, genauso wie Salomé eine andere Vorstellung vom Autor des »ADIBAS« hatte.

In Wirklichkeit ähnelt unsere Beziehung der Szene von Wolf und Hase in »Nu, pogodi«, in der der Wolf eine Hasenmaske und der Hase eine Wolfsmaske trägt.

Ich staune oft, dass wir immer noch zusammen sind. Alles hat seine Zeit und seinen Platz. Die Liebe genauso wie die Maskerade.

* * *

Alissa Chihiro ist gerade erst aufgewacht, setzt sich im Bett auf und schaut mich an, als wäre ich die Fortsetzung ihres Traumes. Sie zeigt mit ihrem kleinen pummeligen Zeigefinger auf mein iPhone und sagt ganz deutlich »Pa-pa!«.

Damit die georgischen Wurzeln nicht ganz in Vergessenheit geraten, mache ich für Alissa Chihiro hin und wieder georgische Lieder auf YouTube an, von den Ischkneli-Schwestern bis hin zu Hamlet Gonaschwili.[9] Es gibt nicht viel Heiteres und Feierliches bei uns, aber das, was es gibt, egal ob griesgrämig oder erschütternd, muss sie zumindest kennen. So kam es also, dass sie vor einigen Tagen auf meinem iPhone Irakli Charkviani[10] entdeckt hat und fast durchgedreht ist. Seitdem wiederholt sie ständig, das sei Papa. Irgendwie sind wir uns schon ähnlich, Irakli und ich. Sicher wegen der kahl geschorenen Köpfe.

Alissa Chihiro lässt sich ihre Nachtpampers nicht abnehmen, bevor sie nicht mein iPhone bekommt und ich die Musik anstelle. Dazu lächelt Salomé, ohne die Augen zu öffnen, streckt ihren Körper wie eine Katze, setzt sich im Bett auf und singt mit der verschlafenen Stimme Irakli nach: »Das Meer kommt nicht weiter als das Ufer, auch heute wird es wieder regnen …«

Ganz besonders liebe ich Salomé, wenn sie gerade erst aufgewacht ist. Ihr Gesicht ist dann etwas geschwollen und auf der Wange hat sie eine Falte, ein Abdruck des Kissens. Dabei sind ihre Lippen so spitz, als wollte sie mich küssen. Ihre Augenbrauen haben dann ein viel stärkeres Rot und auf ihren Schultern leuchten Sommersprossen, wenn sie nicht gerade mein T-Shirt oder das bestickte Nachthemd ihrer Großmutter anhat.

Apropos, wir haben seit heute Morgen scheußliches Wetter, und die ersten Tropfen fallen auf das Fenster.

* * *

Der zugleich schwermütige und leichtfüßige Dokumentarfilm »Bachmaro« erzählt von dem ziemlich ereignislosen Leben der Dorfbewohner in der gleichnamigen Stadt.

Salomé Jashi vermeidet es, durch ihre Bilder zu manipulieren, und beschränkt sich ganz auf die reine Beobachtung. Der Zuschauer bleibt den Bewohnern von Bachmaro gegenüber kalt, er erwartet nichts von ihnen. So wie die Dorfbewohner nichts von ihrem Dorf und ihrem Leben erwarten. Die Erwartung aber gehört zu den wichtigsten Gründen des Menschen für jegliche Form der Aktivität. Die Dorfbewohner sind hingegen völlig passiv, ihre Apathie schließt den Affekt aus. Solange der Mensch aber denkt und existiert, erwartet er normalerweise etwas, selbst in Momenten höchster Verzweiflung. Wo es keine Erwartung mehr gibt, beginnt eines der wichtigsten Merkmale des Menschseins zu erlöschen. Doch die Dorfbewohner existieren dennoch irgendwie. Es klingt vielleicht paradox, aber sie existieren dank des kollektiven Nichtvorhandenseins der Erwartung. Das ist zwar eine Anomalie, aber in diesem Fall bestimmt die Ausnahme die Regel. In Bachmaro ist eine Wahl unmöglich, dort ist alles ebenso erlaubt, wie es verboten ist. Auch wenn in den ereignislosen Bildern des Films etwas geschieht (die Bewegung einer Gardine, ein Schatten an der Wand), hat man trotzdem nie den Eindruck, dass es sich um einen Film handelt, eher um ein retuschiertes Fotoalbum, in dem langsam alles erstarrt.

In einem der zentralen Gebäude ist der Raum im ersten Stock mit rotem und grünem Plastik dekoriert, was an eine Ampel erinnert, die gleichzeitig Rot und Grün anzeigt. Diese beiläufige Deko drückt die Unmöglichkeit der Wahl der Bachmaro-Bewohner am besten aus. In Bachmaro ist sowohl das Sein als auch das Nichtsein unmöglich. Hamlets bekannte Frage verliert hier ihren Sinn. Nicht mal das halbwelke Büschel Gras kann sich entscheiden, ob es hier anstelle des Fensters in der Wand wachsen soll oder nicht. Die Pflanze gleicht an diesem Ort dem Menschen und der Mensch der Pflanze.

In einer der letzten Szenen dreht der Direktor des Restaurants auf der Suche nach Wasser alle Krüge um. Sie sind genauso leer wie der Direktor. Salomé Jashi zeigt mit größter Neutralität die Abweichung von der Norm, die Störung der Gesetzmäßigkeit, aber als Resultat. Um das Resultat zu erkennen, muss aber der Ausgangspunkt bekannt sein. Da wir diesen nicht kennen, können wir nur feststellen, nicht vergleichen. Und damit bringt sie uns ganz schön ins Schwitzen.

* * *

Heute Morgen fragte mich Doktor Floßdorf, nachdem er mir die Spritze gesetzt hatte, wie üblich, ob ich die Therapie vertrüge oder irgendwelche Beschwerden hätte. Dabei sah er mich so ehrlich und aufrichtig an, dass ich ihm versicherte, alles bestens zu vertragen und keine Beschwerden zu haben. Als *kleiner Georgier und Sohn des Kaukasusgebirges*[11] beschwere ich mich ungern und bemühe mich, andere nicht mit meinen Leiden zu behelligen. Und was ist das für ein Leiden, wenn ich immer häufiger Tbilissi und die Tbilisser vor mir sehe. Ich weiß nicht, ob es eine Nebenwirkung der Therapie ist, aber ich bin mir ganz sicher, dass das Interferon das Immunsystem schwächt. Bisher war ich nie nostalgisch veranlagt. Vielleicht lässt, wenn die Therapie abgeschlossen und die Hepatitis besiegt ist, auch dieses Tbilissi von mir ab und taucht nicht dauernd unverhofft vor meinen Füßen auf und bringt mich ins Stolpern.

Ich lebe mit meinen Lieblingsmenschen schon seit einer geraumen Zeit in Berlin, gehe meiner Lieblingstätigkeit nach, höre mir meine Lieblingsmusik live an und schaue mir meine Lieblingsfilme auf der Leinwand an. So viel Schönes und ich kann nichts so richtig genießen. Dabei wächst mein Schuldgefühl, je mehr Zeit vergeht, als wenn mich meine seit jeher erniedrigte und beleidigte Heimat daran erinnern wolle, dass ich nie ein Genießer war. Von meinen Vorfahren erbte ich Trübsinn und ewige Sorgen:

*Mein liebes Land, worüber grämst du dich?*
*Ist uns die Gegenwart nicht wohl gesonnen, gehört uns doch die Zukunft.*[12]

Ilia Tschawtschawadse[13] muss es schließlich wissen. Vielleicht werde ich damit leben müssen. Vielleicht ist das meine Prüfung. Vielleicht bin ich verdammt, Tbilissi in mir herumzutragen wie einen Flaschengeist. Allerdings wird der durch den Korken unter Verschluss gehalten, was hält die Tbilissi-Geister unter Verschluss? Ich bin achtsam, vermeide allzu starke Erschütterungen, damit ich am Ende nicht noch explodiere. Was bin ich ohne Tbilissi? Nur eine leere Flasche, die von einem Obdachlosen aufgesammelt und in seiner Aldi-Tüte verstaut wird, bevor er sie sich über die Schulter wirft? Das ist meine größte Angst, sie verfolgt mich seit der Kindheit. Ein Mann, ganz in Schwarz mit einem schwarzen Sack über der Schulter. Um diese Geister zu bannen, trinke ich unentwegt auf Tbilissi. Als echter Georgier trinke ich ohne einen Trinkspruch nicht mal Kaffee. Schließlich fragt selbst Ilia Tschawtschawadse an anderer Stelle, ob es noch eine Nation gibt, die so glücklich ist wie unsere?

Wie gesagt, wir sind ein »ganz anderes« Volk. So unmittelbar können wir nicht verstanden werden. Trauer heißt bei uns Feier, Leid ist Freude. Der Tod ist bei uns ein Synonym von Vergnügen. Lasst uns die alten Trauerlieder spielen, das Lied vom Adler in den Lüften! Auch wenn er verletzt ist und von einer Rabenschar verfolgt wird. Bei uns ist alles so wie hier in Europa, nur verkehrtherum. Unser Glück ist das Unglück, unsere Kraft die Unwissenheit, unsere Moral alles Unmoralische und so weiter. Unsere Kultur liegt eigentlich in der Kulturlosigkeit. Die Mutter ist bei uns der Herr im Haus, der Vater eine Hausfrau. Und das Wichtigste: Die Niederlage ist unser Sieg. So wie es in einem bekannten Roman heißt: Der Krieg ist Frieden, die Freiheit Sklaverei, Unwissenheit ist Kraft und so weiter. Auch Ilia II., also Ilia der zweite, diesmal der Patriarch, hat uns in der schwersten Stunde daran erinnert, dass unsere Trauer zugleich die Feier unserer Seele ist. Das ist weder eine Geschmacksverirrung noch Dialektik, auch kein Umkehrschluss, sondern der Bordschghali- oder Swastika-Effekt. Ist es nicht so, dass wir immer das Eine sagen, das Zweite tun, an das Dritte denken, dem Vierten zustreben, das Fünfte verneinen, vom Sechsten träumen und auch nicht vom Siebten ablassen wollen? Das sind die sieben Strahlen des georgischen »Bordschghali«, des Sonnenrades. Und das alles machen wir singend und klingend und mit großem Trara.

*Wir singen auch dann,*
*Wenn uns nicht danach zumute ist.*
*Singend kommen wir auf die Welt*
*Und singend scheiden wir von ihr.*

Also müssten die folgenden Worte eines Dichters »Georgien, du verdienst es nur, bespuckt zu werden« nicht als Fluch, sondern als Gebet verstanden werden. Im Fluch des Dichters steckt die Segnung ihrer Herzen. Alle unsere Märchen enden ja mit den gleichen Worten: Das Übel dort und die Freude hier, die Weizenkleie dort und das Mehl hier. Obwohl schon jedes Kleinkind weiß, dass das Wohlergehen nur dort ist, wo wir nicht sind. Aber so funktioniert nun mal unser Import-Export-Verständnis: Man führt das Übel aus und importiert die Freude, dabei tauscht man unterwegs noch die Weizenkleie in Mehl. Thomas Mann konnte noch behaupten, dass dort, wo er sich befindet, auch die gesamte deutsche Kultur existiert. Als kleiner Georgier und Sohn des Kaukasusgebirges sage ich hingegen, dort wo ich mich befinde, existiert die gesamte georgische Unkultiviertheit.

* * *

Wir sind zwar ein Volk wie ein Häufchen Scheiße, aber so hübsch, dass es schade darum wäre, uns das Klo runterzuspülen.

* * *

Mich verlässt nie das Gefühl, dass Berlin nur die Beschichtung über der Losnummer ist und nach etwas Rubbeln Tbilissi zum Vorschein kommt. So wie der Droste-Effekt, der Stadt in der Stadt. Wenn ich also durch die Straßen von Berlin spaziere, gehe ich gleichzeitig auch durch Tbilissi.

Bin ich zu Hause, zieht es mich nach draußen. Kaum bin ich draußen, will ich so schnell wie möglich nach Hause. Als Bewohner der Hölle in Dantes »Göttlicher Komödie« würde ich gern in den Himmel aufsteigen. Aber dann, als Bewohner des Himmels, würde mich sicher die Hölle reizen. So wie dieser verflixte Ort beschrieben ist, würde ich dorthin wenigstens einen Ausflug machen wollen – und wenn es ein touristischer wäre. Es ging mir schon immer so. Als ich in Tbilissi war, wollte ich gern nach Berlin. Nun bin ich hier und denke immerzu an Tbilissi. Ob bewusst oder unbewusst, mir ist oft unklar, wo ich mich befinde, hier oder dort. Und wo sich dieses »Hier« und »Dort« jeweils befindet. Immer warte ich darauf, dass diese zwei Orte sich vereinen, wenigstens in meiner Wunschvorstellung.

Egal wie es kommt, Berlin ist meine Wahl, Tbilissi mein Schicksal.

* * *

Heute brachte Alissa Chihiro aus der Kita ein neues, besser gesagt ein sehr, sehr altes Wort mit: »Hoverboard«. Das Geheimnis wurde schnell gelüftet! Wer den Film »Zurück in die Zukunft« auch nur einmal gesehen hat, träumt wie viele andere Jungs in der Welt vom fliegenden Skateboard – dem fliegenden Brett. Ein einziges Detail löste sofort das Rätsel in meinem Kopf: der Toyota Tacoma und der Volkswagen Westfalia waren ja Requisiten aus der gleichen Trilogie und DeLorean DMC-12 ist genauso ein Superheld wie Marty McFly und Dr. Emmett selbst.

Keine Ahnung, wie man »Zurück in die Zukunft« in den anderen Ländern der Welt wahrgenommen hat, aber ich weiß ganz genau, wie es in der Sowjetunion war: vielleicht nicht als reale Geschichte, aber auch nicht als komplette Phantasie. Jenseits dieses unendlich weiten Landes schien sowieso alles phantastisch zu sein. Also hat uns weniger die Reise mit der Zeitmaschine und das fliegende Brett beeindruckt als der Geruch des langsam heiß laufenden Videorekorders und der Fernbedienung, durch die man den Film vom Sofa aus steuern konnte. Diese zwei Dinge waren phantastischer als alles andere.

Dass ich mich daran erinnere, überrascht mich nicht – wie könnte man ein Wiegenlied vergessen –, mich überrascht, wie sehr es mich beunruhigt, meine Anspannung, nur weil der Film meine Vergangenheit wachruft.

* * *

Picknick auf dem Tempelhofer Feld. Über uns kreisen tausend Drachen wie die Möwen über dem Kadaver eines gestrandeten Walfisches. Die Sonne brennt mir ins Gesicht. Ein Wespenschwarm summt um die Flasche mit der erwärmten Limonade herum. Alissa Chihiro müht sich mit ihrer Plastikschaufel an der harten Erde im Park ab. Neben dem Picknickkorb vibriert mein Handy, eine SMS aus Paris. Das Programm sei für September festgelegt, ob ich denn wirklich kommen könne. Ich frage Salomé, ob wir nach Paris fahren sollen, ehe ich darauf antworte.

»Aber ja!«, ihre Augen leuchten sofort auf. Dann fährt sie mit der Zunge über die Lippen und reibt sich die Hände, als wenn sie mich sofort vernaschen möchte.

Ich kenne keine andere Person, die so gern herumreist wie

Salomé. Sie mag es viel mehr als ich. Es ist nicht ausgeschlossen, dass sie eines Tages von zu Hause weggeht und nicht wiederkommt. Manchmal staune ich, dass sie es überhaupt aushält mit einem Dach über dem Kopf, so wie das Nomadentum sie fasziniert.

Ich bin überzeugt, dass wir beide von Lazarus abstammen. Aber von welchem, Lazarus von Bethanien oder dem Armen Lazarus? Schwer zu sagen. Beide haben in jedem Fall den gleichen Ursprung. Genau genommen war es ein Mann, dem befohlen ward: »Komm heraus und geh«. Und er ging los. Aber was wissen wir über ihn vor der Erweckung oder danach? Aus dem Johannesevangelium erfährt man, dass Jesus sechs Tage vor dem Passahfest nach Bethanien ging, wo ihm Martha die Füße mit wohlriechendem Öl einrieb und mit ihrem Haar trocknete. Lazarus war damals sein einziger Tischgefährte. Danach entzweiten sich ihre Wege. Die Orthodoxen behaupten, er sei nach Larnaca gekommen, wo ihn Paulus und Barnabas zum Bischof von Kition ernannten und er bis zu seinem zweiten Tod noch dreißig Jahre lebte. Die Katholiken behaupten, dass der aus Judäa vertriebene Lazarus in Frankreich predigte und dort begraben ist, wo heute die Kathedrale von Autun steht. Dabei ist die eucharistische Unvereinbarkeit zwischen Rom und Konstantinopel weniger interessant als die Tatsache, dass ein sich derart erfolgreich herumtreibender Mann letztlich an einem Ort sesshaft geworden sein soll. Egal, ob in Zypern oder Frankreich. Wieso schwärmt Salomé so sehr von dem rumänischen Film »Der Tod des Herrn Lazarescu«, wenn wir nichts Lazarushaftes an uns haben? Und wieso erinnert mich unsere Familie jedes Mal an ein Lazarett, wenn wir alle drei von der Grippe befallen sind?

* * *

Schön aneinandergereihte Worte haben mich schon immer beeindruckt. Ich meine damit weniger den Klang, sondern das Energieerhaltungsgesetz. Die Gesamtenergie eines geschlossenen Systems ist ja eine Größe, deren Wert stets konstant bleibt. Und schön aneinandergereihte Worte stelle ich mir als so ein abgeschlossenes System vor. Ich kenne den Preis der Worte. Ich bin in einem Land der Worte zur Welt gekommen und aufgewachsen. Der Worte und nicht der Taten. Nun hat mich nichts anderes so sehr beeindruckt wie der Slogan der Humana-Filialen: FIRST CLASS SECOND HAND. Der Slogan prangt so über dem Eingang der Geschäfte wie die Inschrift auf dem Tor zum Tempel von Delphi: »ERKENNE DICH SELBST«. Wer weiß, wie viele sich selbst erkannt haben, ich aber bin ziemlich sicher, ich bin ein FIRST CLASS SECOND HAND AUTOR. Egal ob Bettler oder Königssohn, wer ein bisschen Anstand besitzt, muss diese Worte auf sich selbst beziehen. Ich tue das. Im Roman »Der Idiot« sagt Ardalion Alexandrowitsch zu seinem Enkel: »Wenn du mich beerdigst, schreibe auf mein Grab: Hier liegt eine tote Seele«. Hätte ich nicht den Wunsch, dass meine Asche in alle Winde verstreut wird, könnte ich mit dem Slogan FIRST CLASS SECOND HAND als Grabinschrift gut leben.

Überhaupt wünsche ich mir, so wie Hunde von zu Hause weglaufen, am Ende auch wegzulaufen und in einer Humana-

Filiale zu krepieren. Vielleicht erscheint ein solches Ende etwas gefühlsduselig, aber dazu stehe ich. Heutzutage, wo alle Mystik entleert und kraftlos ist, die Poincaré-Hypothese bestätigt und das Higgs-Boson entdeckt, erscheint mir ein wenig Romantisieren der einzige Weg, am Leben zu bleiben. Der beste Ausweg ist, wie man weiß, auch der beste Eintritt.

* * *

Heute war ich mit Vladimir Sorokin zu einer verrückten Teegesellschaft im Café Seerose in der Körtestraße. Sorokin schenkte mir die georgische Ausgabe seines Buches »Der Tag des Opritschniks«. Das ist zwar ein wunderbares Buch, aber ich bin mir sicher, dass Sorokins Hauptwerk erst noch kommt. Und ich kann mir gut vorstellen, dass es ein Kochbuch sein wird. Er ist einer der besten, wenn es darum geht, Mahlzeiten und Gerichte zu beschreiben. Einerseits durch Sorokin, anderseits durch das komische Interieur der Seerose fand ich mich unvermittelt in ein ganz anderes Café katapultiert.

Zur einen Seite meines Hauses in Tbilissi, auf dem Tschawtschawadse-Prospekt, gab es einen Kiosk mit der Neonüberschrift »Sojuzpechat« (sowjetische Druckerzeugnisse), die bis zum letzten Tag der Sowjetunion funktionierte. Dann erlosch in einer Dezembernacht 1991 die Neonüberschrift und leuchtete nie wieder auf. Allerdings blieb sie noch eine Zeitlang hängen. Als wenn uns das auf einmal verschwundene Land mit dieser erloschenen Überschrift zuflüstern wollte: »Tut mir leid.«

Zur anderen Seite meines Hauses war eine großräumige Arbeiter-Gaststätte geschlossen worden. Diese war stets vom Geruch nach Speisen, Feuchtigkeit und Rätseln durchdrungen gewesen. Ausgekleidet mit Marmorplatten und roten Samtvorhängen wie in der Oper. Die Tischdecken waren genauso rot und mit sehr leichtem Aluminiumbesteck eingedeckt. In der Mitte des Tisches stand ein Kristallspender, in dem anstelle von Servietten immer weiße Pappe in Größe und Festigkeit von Spielkarten steckte. Die Gabelzacken waren weit gespreizt, wie bei einem kleinen Handrechen für Blumentöpfe oder bei einem Hundekamm. Das Messer glich in Form und Größe eher einer Nagelfeile. Gegenüber dem Eingang war eine große rote Spanplatte an die Wand genagelt mit den Profilen von Marx, Engels und Lenin und der Losung: »Proletarier aller Länder, vereinigt euch!«

Auf einer Anrichte, die bis vor zur Kasse reichte, waren Teller mit fertigen Portionen aufgereiht: Frikadellen mit Buchweizen oder Nudeln, Fisch mit Kartoffelbrei, Spaghetti mit Hackfleisch, Spiegeleier so dünn wie Crêpes mit Würstchen. Sie waren so krumm und faltig, dass ich glaubte, sobald ich den Blick abwendete, würden sie vom Teller kriechen. Aus riesigen, dampfenden Töpfen, wie sie früher zum Wäschekochen benutzt wurden, verteilte eine Köchin mit Haube in breite Suppenteller Bouillon mit Fettaugen, Gemüsesuppe oder roten Borschtsch. Letzterer bekam noch einen Löffel saure Sahne obendrauf. Besonders beliebt waren damals zwei Eintöpfe: Suppe-Chartscho und Befstroganow mit einer Beilage in Öl gebratener, vertrockneter Kartoffeln.

Neben der Kasse lag in einer großen Blechschüssel immer dick geschnittenes weißes Rund- und schwarzes Kastenbrot.

Beide hatten einen so feuchten Teig, dass ich ihn unwillkürlich zwischen den Fingern kneten musste. Ich ließ nach dem Essen auf dem Tisch immer ein paar Brotkügelchen zurück. In einer kleineren Schüssel befanden sich gekochte Eier. Auf die Schüssel war wie mit schwarzer Kreide ein fünfzackiger stilisierter sowjetischer Stern gestempelt. Das Staatssymbol der Sowjetunion. Darüber hinaus gab es Gläser mit roter Grütze. Dieser wurde so viel Kartoffelmehl beigemischt, dass sie gelierte wie Sülze und sich an der Oberfläche eine glatte Haut bildete wie bei warmer Milch. Kakao und Tee konnte man sich aus dem Samowar einschenken. Unter dem Hahn war immer ein kleines ovales Nickeltablett platziert. Kaffee hatte in den sowjetischen Gaststätten nichts zu suchen.

Ich habe dort jedes Gericht, das es gab, probiert. Sogar das Spiegelei, das ich nie besonders mochte. Nicht, dass wir in der Familie Not litten oder so. Auch nicht aus Prinzip. Damals war ich ein ziemlich prinzipienloser Typ. Auch die Schule habe ich so beendet. Unsere Familie ist nie in Not gewesen. Ich meine in finanzieller Not, denn Alltagskrisen gibt es ja überall. Wie sagt man so schön in Georgien, Krise hin, Krise her, die Mahlzeiten immer nach Menü.

Sicher hatten nicht viele von meinen Altersgenossen und wahrscheinlich auch die wenigsten Erwachsenen eine so beneidenswerte Auswahl an Speisen wie wir in unserer Familie.

Zu der Zeit hatte die Moskauer Zentralregierung schon nicht mehr so kannibalistische Züge wie zuvor. In der UdSSR wehte ein fast schon vegetarischer Wind. Ein Teil des Homosowjeticus war längst an Geld und Genuss gewöhnt. Lukullische Festlichkeiten und Orgien á la Caligula fanden inzwischen auch außerhalb der Mauern des Kreml statt. Das Tauwetter währte schon so lange, dass nicht nur Andrej Tarkowskij Filme drehen durfte, sondern selbst Ilja Auerbach.

In Georgien kämpfte Eduard Schewardnadse indessen um Sein oder Nichtsein mit der Korruption. Die Gefängnisse füllten sich tagtäglich mit den so genannten DELZI (Geldmacherin), den ZECHAWIKI, die in diversen Zechi-Werkstätten oder Kleinbetrieben in die eigene Tasche wirtschafteten und MACHINATORI, den Spekulanten. In den Abendnachrichten wurden regelmäßig Staatsangestellte und ihre Ehefrauen beschuldigt. Auf dem Bildschirm sah man ihre verwirrten Gesichter, ihre Pelzmäntel, Lederjacken und ihren funkelnden Schmuck. Trotzdem galt Georgien im Vergleich zu den anderen sowjetischen Republiken als Insel des Wohlstands. Und der Georgier als Synonym eines reichen, freigiebigen und oft im sorglosen Gelage lebenden Menschen.

Diesen Status erbte Georgien von Schewardnadses Vorgänger, Wassil Mschawanadse. In Wahrheit aber wurde das Land von seiner Ehefrau, Viktoria Tereschkewitsch, regiert. Das ist sozusagen unsere Viktorianische Epoche. Schmiergeld wurde nicht nur zur Erlangung eines Postens oder eines Studienplatzes gezahlt, sondern auch, um in die Kommunistische Partei einzutreten. Das Geld ging dabei durch viele Hände und nach einer sehr geschickten Konvertierung landete es als Brillant bei Madame Victoria. Dieses komplizierte und mehrstufige Schmiergeldsystem funktionierte jahrelang ungebrochen. Über Viktorias Vorliebe für Brillanten gab es zahlreiche Geschichten. Das Ehepaar

Mschawanadse wurde zum Beispiel einmal vom Iranischen Schah Pahlewi und seiner Frau Soraya besucht. Diese waren scheinbar so von Viktorias Schmuck beeindruckt, dass sie später äußerten, noch nie so etwas Edles gesehen zu haben. Die Viktorianische Epoche Georgiens wurde dann abrupt vom damals wichtigsten georgischen Polizeioberst Eduard Schewardnadse beendet.

Der Kreml setzte ihn infolgedessen zwar an Mschawanadses Stelle und die Gefängnisse füllten sich mit den Spekulanten, Geschäftemachern und Gaunern, die Viktoria einst die Diademe selbst um den schwabbligen Hals gelegt hatten, aber die Bestechung hatte sich in der Sowjetunion längst als Norm etabliert. Nur dass die Abgaben stiegen. Maschawanadses Leute wurden mit Schewardnadses Kadern ersetzt, die noch gieriger waren und deren Hunger erst noch gestillt werden musste.

In dieser Zeit begann man, das Geld im wahrsten Sinne des Wortes zu verspeisen. Auch wenn man in der Sowjetunion die Mittel zum Erwerb eines Landhauses, einer Yacht oder eines importierten Autos besaß, war der Erwerb dergleichen tatsächlich unmöglich. Damals konnte man Geld machen, es aber nicht öffentlich zeigen. Man musste das Geld entweder in Schmuck und Edelsteinen anlegen, in staatlichen Obligationen oder in Kissen verstauen. Manche vergruben es auch in der Erde. Allgemein sind die Georgier keine besonders begabten Juweliere. Und Totengräber erst recht nicht. Die Zukunft bedeutet ihnen wenig. Also begann man, unerhört zu tafeln. Auf Teufel komm raus. Die meisten bekamen so zu Schewardnadses Zeiten einen amtlichen Wanst. Überhaupt galt ein großer Wanst damals genau so viel wie heute ein großer Jeep, als Beweis der eigenen Männlichkeit und Erfolge. In einem Trickfilm aus dieser Zeit lässt der georgische Theater- und Filmschauspieler Ramas Tschkiwadse einen Georgier Folgendes sagen:

*Wie liebe ich das Essen und Trinken,*
*Ob frühmorgens oder abends,*
*Sogar im Traum sehe ich*
*Gebratenes und Gegrilltes,*
*Schaschlik und Tschachochbili,*
*Ofenheiße Fladenbrote,*
*Kaviar und Tschurtschkela,*
*Weingefüllte Tonfässer,*
*Ach, wie hab ich mich bloß satt gegessen!*
*Das ist das wahre Leben!*
*Lasst uns gleich noch weiter essen,*
*Und es unseren Bäuchen gut ergehen!*[14]

Mein Großvater, Petre Burchuladse, war ein kleines Rädchen in diesem System. Ein echter sowjetischer Funktionär – hocheffizient in der Schmiergeldannahme und anderen Korrumpierungsversuchen. Dabei ist kaum von Belang, dass mein Großvater sein Leben lang Leiter der gastroenterologischen Abteilung der Infektionsklinik in Tbilissi war. Auch wenn das an sich schon etwas bedeutet. Wichtiger ist, dass er jahrelang parallel dazu der Hauptarzt des Militärkommissariats der Georgischen Sozialistischen Republik war. Diese Stelle brachte ihm nicht nur großen Einfluss, sondern auch eine stabile Einkommensquelle.

Die Nichtrekrutierung in die sowjetische Armee, das heißt die Untauglichkeit des zu Rekrutierenden, konnte aus ganz unterschiedlichen Begründungen erfolgen. Pro Quartal wurden in ganz Georgien um die tausend Leute ausgemustert. Eine Bescheinigung, dass man eine kranke Leber, Plattfüße, Hörschäden oder Migräne hatte, konnte man für einen Betrag von eintausend bis zehntausend Rubel erwerben, wobei der mittlere Verdienst eines Ingenieurs einhundert Rubel betrug. Mein Großvater verfügte direkt über die Ausgabe solcher Bescheinigungen. Er war wie ein für diesen Zweck eingerichtetes Verwaltungsbüro.

Er gehörte zu den oberen Schichten der Gesellschaft, deren Gefilde für die Durchschnittsowjets unerreichbar waren. Diese verzehrten sich hingegen nach allem, was aus dem westlichen Ausland kam. Ein Plastikbeutel mit einem Reklamebild für Montana-Jeans war wie ein Wunder. Ein solcher Plastikbeutel konnte die Menschen viel tiefer beeindrucken, als wenn heute jemand im Berufsverkehr nackt durch das Stadtzentrum laufen würde. Dementsprechend war damals die Mode. Ein importierter Sportzweiteiler ersetzte viele Jahre lang alle möglichen Anzüge. In manchen postsowjetischen Ländern ist das bis heute so. Auf jeden Fall haben die sowjetischen Proletarier ein ziemlich durchgeknalltes Erbe hinterlassen, ob sie es wollten oder nicht.

Was hätten sie schon anderes hinterlassen können, diese Kriegsveteranen und verdienten Kuhmelkerinnen, diese siegreichen Mütter und Helden der Arbeit, deren Forderungen in der sowjetischen Presse klangen, als wären sie nicht mehr ganz bei Trost: zum Beispiel die Verringerung oder gar Abschaffung der Feiertage, die Erhöhung der Preise auf Alltagsgegenstände oder Anhebung der Arbeitsstunden und so weiter und so fort.

Manchmal kommt es mir vor, als ob der Durchschnittssowjet seinen stärksten Antrieb im Trübsal suchte und ihn dort auch fand. Das Leben eines Durchschnittsbürgers in der Sowjetunion war eine streng esoterische Erfahrung, was heißen soll, es gab keine Außenwelt. Alles stammte stets aus sowjetischer Produktion; ob Trickfilm, Waschmaschine oder schwarzer Tee. Gut, nicht alles stammte aus der SU, das Tafelgeschirr und die Kronleuchter kamen aus der Tschechoslowakei, die beigen Stiefel aus Jugoslawien und die Allzweck-Küchenmaschine aus der Deutschen Demokratischen Republik. Ja, diese Länder hat es einmal gegeben.

Mein Großvater jedenfalls war kein Durchschnittssowjet. So kam es, dass ihm neben den vielen anderen Privilegien eine spezielle Lieferung von der Regierung zustand. Es bedeutete, dass uns ein Kurier jeden Montag mit zwei vollen Taschen, das heißt einer Portion Delikatessen belieferte, die den Auserwählten des Zentralkomitees zustand.

Wir ernährten uns demnach irgendwie brutal und schonungslos. Und das, solange meine gutmütige, elefantengroße Großmutter noch lebte. Sie aß selbst nie besonders viel, stand aber den ganzen Tag mit einer mehlbestäubten Schürze und Schweiß auf der Stirn am Herd. Es wurde ordentlich getafelt, aber es war weniger ein strahlendes Festmahl inmitten von Not und Armut, sondern erinnerte vielmehr an »Das große Fressen«, in dem sich die Filmhelden in ein Haus zurückziehen und bis zum Umfallen mit Haute Cuisine vollstopfen.

Wenn es bei uns montagmorgens um acht Uhr klingelte, wussten wir, dass es der Kurier mit dem komischen Namen Soina sein musste, der uns zwei volle Taschen übergab. Auf seinen Fingern waren die vier Buchstaben CCCP tätowiert. Er trug immer eine schwarze, abgetragene Lederjacke und eine Lederkappe. Zu einer vollständigen Ausrüstung fehlten ihm nur noch eine Mauserpistole und glänzende Stiefel. Keine Ahnung, ob er wirklich taubstumm war oder in unserer Gegenwart nur so tat, jedenfalls verfolgte er immer sehr genau die Bewegungen unserer Lippen. Er wirkte auf mich wie der Wolf, der soeben die Großmutter verschlungen hat. Die Taschen stellte er umgehend an der Tür ab, zog aus der Brusttasche seiner Jacke einen Kugelschreiber und ein Heft, in dem Großvater wie beim Briefträger unterschrieb.

So kam es, dass sich in unserem Kühlschrank immer geräucherter Stör und andere Fischarten befanden, sowie Krabbenfleisch, Trüffelpilze und als »Finnische Wurst« bezeichnete Salami, die als besondere Delikatesse galt. Ich erinnere mich gut an die Kaviar-Blechdose, die ein halbes Kilo wog und eine lila Gummilasche am Deckel hatte. Wenn man beim Aufmachen daran zog, zischte es und die klebrige Masse quoll heraus. Ringsum verbreitete sich ein sehr appetitlicher salziger Duft. Ganz anders duftete das Halwa. Nicht die grau-gelbe plastilinartige Substanz, die im Laden als Halwa verkauft wurde, sondern der Duft des hell-leinenfarbenen, staubfeinen Halwa, das, in Knisterpapier verpackt, wie ein Hut in einem schönbemalten runden Karton lag. Ganz zu schweigen von den süß-bitteren Gerüchen der unterschiedlichsten Schokoladen.

Trüffelpilze und Krabbenfleisch waren für mich etwas Gewöhnliches. Ich wollte etwas Ungewöhnliches und deshalb schlich ich hin und wieder runter in die nahe Arbeiter-Gaststätte, nicht nur auf der Suche nach kulinarischen Abenteuern.

Zwar steckte in den Frikadellen schon mal ein Knorpel oder eine Ader, der Kartoffelbrei war so dünn, dass man ihn kaum auf die Gabel nehmen konnte, den Makkaroni nach Flottenart waren bisweilen kleine Knochenstücke untergemischt und in der Suppe schwammen die Zwiebelstücke wie Quallen, aber ich mochte nichts so sehr, wie dort zu sitzen. Ich konnte in Ruhe die Gesichter, die Mimik und Gesten der Menschen beobachten, meist wählte ich jemanden aus, studierte diese Person aus der Ferne und versuchte, mich in sie hineinzuversetzen.

Das eine Mal war es ein großgebauter und hagerer alter Mann mit zurückgekämmtem, silbrigem Haar, einer roten Nase und starken Händen, der gekrümmt am Tisch saß und seinen Borschtsch schlürfte. Die Gummisohlen seiner braunen Schuhe waren voller Sägespäne oder Zementbrösel. Das schwarzweiß karierte Hemd hatte er bis zu den Ellbogen hochgekrempelt. Es fehlte ihm nur eine khakigrüne Schürze, eine Brille und der gespitzte Bleistift in der Tasche, und er würde als Lehrer für Handwerksunterricht durchgehen oder als Abwasserspezialist aus der Verwaltung eines Stadtviertels. Ein anderes Mal war es eine kleine alte Frau, so rund wie ein Käfer, mit großen rotangemalten Lippen, Flaumbart und mit Henna gefärbtem Haar. Dieses hatte sie, um größer zu wirken, wie Baiser aufgebauscht. Sie trug Korkplateauschuhe und ein enganliegendes, sumpfgrün schimmerndes Kleid. Während sie auf einem gekochten Hühnerschenkel herumkaute, bebte der Leberfleck, der wie eine Rosine an ihrer Wange klebte. Ihre Goldzähne kamen zum Vorschein. Sicher war sie Sektionsleiterin im Textilladen oder eine Kriegsveteranin. Ich konnte mir gut vorstellen, dass in ihrem Schrank eine alte Uniform hing voller Orden für besondere Verdienste, und ebenso sah ich sie auch als junge Frau vor mir mit einer Fliegermütze, einer Zigarette im Mund, ein Akkordeon um die Schultern hängen. Manchmal beobachtete ich auch einen schmächtigen Mann mit kahlem Kopf, einem kornfarbenen Gesicht, zusammengekniffenen Augen, einer schnabelähnlichen, krummen Nase, einem langen Nagel am kleinen Finger, mit dem er das Ei wie eine Mandarine schälte. Von ihm wusste ich, dass er Schneider war. Ich sah ihn jeden Tag im Atelier an der Ecke der Arakischwili- und Tschawtschawadse-Straße, mit Stecknadeln im zugekniffenen Mund, einem Anzugstoff über dem Arm, das Metermaß um den Hals.

Es gab noch einen, der um die Fünfzig war. Das war ein unscheinbarer Typ, mit einem irgendwie einfachen Gesicht, das man sich schwer merken konnte. Nachdem er an der Kasse bezahlt hatte, glitt er wie ein Schlitten durch den Raum, um einen freien Platz zu finden. Unter seinem Arm klemmte eine alte, abgeschabte Ledertasche. Sein eher mausgraues Haar lichtete sich vom Scheitel an. Er hatte eine plumpe Figur und seine unglaublich roten Wangen wirkten so weich wie die eines Babys. Seine herunterhängenden Schultern verliehen ihm ein eher weibliches Aussehen. Ich habe ihn dreimal gesehen, und er war immer gleich gekleidet: abgetragener, senfgelber Regenmantel, kurze graue Hose und fleischfarbene Sandalen, die er über synthetischen, gemusterten Socken trug. Außerdem hatte er eine

Lesebrille mit elfenbeinfarbenem Gestell und rechteckigen Gläsern auf.

Er bröselte sich das Brot jedes Mal so seelenruhig und ohne Eile in die Suppe, als wenn er niemanden und nichts um sich herum wahrnehmen würde. Er merkte sicher auch nicht, dass ihm, so tief über den Teller gebeugt, vom heißen Dampf die Brille beschlug. Er wechselte niemals ein Wort. In seine Gedanken vertieft, starrte er wahllos in eine Richtung. Manchmal lächelte er unverhofft in den Raum hinein, als wenn er jemand Bekanntes gesehen hätte. In solchen Momenten leuchteten seine fast erloschenen und trüben Augen für einen Moment auf.

So eine Person konnte alles Mögliche in der Tasche stecken haben. Ein zusammenklappbares Schachbrett und eine Handvoll Karamellbonbons waren genauso möglich wie ein Knäuel Schnur und ein scharfes Messer, oder alles zusammen. Obwohl er so unscheinbar und ruhig war, zog er meine Aufmerksamkeit immer auf sich.

Eines Tages nahm dieser Mann seine beschlagene Brille ab. Dann zog er ein Taschentuch aus der Hosentasche und begann, die Gläser zu putzen; genauso gelassen und gründlich, wie er zuvor das Brot in die Suppe gebröselt hatte. Ohne Brille hatte er einen anderen Gesichtsausdruck. Die grün-grauen Augen schienen lebendiger zu sein, als ich zuerst gedacht hatte. Ich nutzte die Gelegenheit, um ihn besser zu betrachten, sein mausgraues Haar, seine herunterhängenden Schultern, seine unglaublich roten und molligen Babywangen. Plötzlich schaute er zu mir rüber, starrte mich eine Weile beharrlich an (wie lange bloß – ein, zwei Sekunden?) und zwinkerte mir schließlich zu.

Ich habe mich nicht besonders gefürchtet, war vielmehr enttäuscht wie beim Versteckspiel, wenn man sich gut verborgen wähnt und auf einmal entdeckt und ausgerufen wird.

Indessen habe ich Sorokin ganz und gar vergessen. Ich weiß aber noch ganz genau, dass der berühmte Autor heute bei unserer verrückten Teegesellschaft einen Zigarillo rauchte, der »Al Capone« hieß.

* * *

Vorhin bin ich schweißgebadet aufgeschreckt. Salomé hat im Schlaf etwas gemurmelt. Ich neigte mich zu ihr, um es zu verstehen und sog die Wärme ihres Körpers ein. Salomé atmete sanft aus, sagte aber nichts. Ich versuchte, wieder einzuschlafen, was mir nicht gelingen wollte. Kurz darauf stand ich auf und schlich mich aus dem Schlafzimmer. Ich verspürte große Lust auf eine Zigarette und einen Kaffee.

Salomé und Alissa Chihiro saßen schon in der Küche und frühstückten. Bei ihrem Anblick lief es mir auf einmal kalt den Rücken hinunter. Aber wer liegt dort im Bett, deren Wärme ich gerade gespürt habe?

»Toyota«, sagt Alissa Chihiro, als sie mich sieht und zeigt mit einem Löffel voll Joghurt auf mich. »Tacoma!«

* * *

Kris Markers Kurz- und Kultfilm »Am Rande des Rollfelds« beginnt mit folgenden Worten: »Das ist die Geschichte eines Mannes, in der die Bilder seiner Kindheit beschrieben werden.« In diesem nur aus Standbildern bestehendem »Photo Roman« ist der Proustianer Marker völlig von der Allmacht und dem Unvermögen des Gedächtnisses begeistert. Der Held versucht, die in seinem Gedächtnis abgelagerten Fragmente visuell zusammenzufügen und reist auf diese Weise durch die Zeit. Meine touristische Geschichte ist eine ähnliche: eine sentimentale Reise in die Vergangenheit mit einer Zeitbombe im Leib.

Das Gedächtnis hat drei Phasen: die Wahrnehmung der Information, deren Aufbewahrung und Wiederherstellung. Das Nervensystem bewahrt die Informationen für eine gewisse Zeit auf, findet und benutzt sie gelegentlich. Es gibt aber auch Formen der unwillkürlichen Wiederherstellung, der Augenblick, an dem uns eine Erinnerung einfach überkommt. So wie den Protagonisten in Prousts Roman, der eine Madeleine in den Tee tunkt und dann hundert Seiten lang in seiner Kindheit verweilt.

Ich meine damit nicht die Nostalgie. Ich meine auch nicht jene Momente, wenn man beim Anblick von aufgebahrten Fleisch- und Wurstprodukten an deren blutige Vorgeschichte denken muss. Ich meine etwas, das man immer schon weiß, auch ohne darüber nachzudenken. Als wenn man beim Anblick des ewig wolkenverhangenen Berliner Himmels weiß, dass darüber die Sonne scheint. Mich persönlich interessiert aber eher das Berlin unter der Erde als der Himmel darüber.

In Tbilissi war ich das Sonnenkind (Msechabuki), in Berlin bin ich der Stubenhocker (Msetunachavi).

* * *

Die Fahrt mit der Berliner U-Bahn hat neben vielen anderen Annehmlichkeiten auch den Vorteil, dass in jedem Waggon Bildschirme mit dem »Berliner Fenster« hängen, aus dem man eine Menge erfährt. Zum Beispiel, dass zuletzt beim Münchner Oktoberfest eine Rekordmenge von 6,5 Million Litern Bier gezecht, 380 000 Broiler, 600000 Eisbeine und 100 Stiere verspeist wurden; dass Adidas die Produktion seiner Sportschuhe weiter erhöht hat; dass Angela Merkel die Roboter-Serie der Firma Honda begrüßt hat und so weiter. Das »Berliner Fenster« versorgt einen auch mit weisen Sprüchen. Es kommt schon mal vor, dass man in der U-Bahn sitzt, an die Decke starrt und plötzlich zwischen der Bundesligatabelle und einer Kosmetikreklame das Zitat von Immanuel Kant erscheint: »Je mehr du gedacht, je mehr du getan hast, desto länger hast du selbst in deiner eigenen Einbildung gelebt.« Ich steige also nachher etwas weiser aus dem Erduntergrund auf, ob ich will oder nicht. Dann trete ich hinaus und sehe die Sterne. Ob Sterne am Himmel oder auf Postern und Plakaten, ist eine ganz andere Frage.

* * *

Ich weiß noch nicht, ob das Hochwasser heute Nacht auch die Baracken entlang der Vere-Schlucht mitgerissen hat. In den Videoaufnahmen ist aber deutlich zu erkennen, dass von der Kreuzung Vake-Saburtalo bis hin zum Zoo alles weggespült wurde.

In einer der Baracken lebte eine Roma-Familie. Eine kleine Familie ohne Kinder, die in einer Art Hühnerstall hauste. Stevo und seine Frau Zora waren auch nicht viel größer als Hühner. Diese Zora hat ihre Wohnung fast nie verlassen. Stevo hingegen wurde von unserer gesamten Nachbarschaft im Viertel für allerlei Hilfsarbeiten gerufen und verdiente so ihren Lebensunterhalt. Er war sehr geschickt und stark, sodass er sowohl mit einfachen Klempnerarbeiten zurechtkam als auch mit dem Hoch- und Hinunterschleppen eines Klaviers. Er umschnürte das Instrument mit einem speziellen Gurt und hievte es wie ein Akkordeon auf seinen Rücken. Damit marschierte er dann so munter durch das Treppenhaus, als schleppe er nur einen Sack Kartoffeln. Solche Szenen sind heutzutage, im Unterschied zur sowjetgeorgischen Zeit, etwas Exotisches. Damals wanderten Klaviere oft durch die Treppenhäuser. Stevo trug immer die gleichen sowjetischen Kirza-Kunstlederstiefel und eine wattierte Jacke. Sein Gesicht war braun gebrannt, er hatte silbrig-struppiges Haar und einen viereckigen Bart, der so kratzig war wie ein Besen. Georgisch lernte Stevo nie richtig. Er sprach eine ausgedachte Sprache, die sehr viele Vokale hatte.

Über Zora hatte ich zwar vieles gehört, sie aber nie gesehen. Einmal schlich ich mich also in ihren Garten und versuchte, ins Haus hineinzulugen, aus dem nie ein Geräusch drang und das voller Geheimnisse war. Zumal mir die älteren Jungs in unserem Viertel immer wieder Angst einjagen wollten: Zora hätte zusammengewachsene Zehen, ihre Augen würden in der Nacht wie bei einer Katze leuchten und sie würde das Haus niemals verlassen, weil sie einen tischtennisballgroßen Türkis bewache. Diesen Türkis bewahrte sie angeblich immer in ihrem Mund auf. All diese Geschichten animierten mich mehr, als dass sie mir Angst machten.

Der Vorhang am Fenster war zugezogen und durch ein kleines Loch erblickte ich dahinter auf einem Sofa nur ein Paar elefantendicke Beine. Ob die Zehen wirklich zusammengewachsen waren, konnte ich nicht erkennen, ebensowenig wo der Fernseher stand, dessen fast erstickte Stimme in der Ferne zu hören war. Im Zimmer flackerte ein blaues Licht vom Bildschirm. Ich kann mich noch genau erinnern, wie man im Sommer 1982 im sowjetischen Fernsehen die Wiederholung des San Remo Festivals zeigte. Zora, oder wer auch immer auf dem Sofa lag, hörte den damaligen Hit von Al Bano und Romina Power. Das war ein so idyllisches und zeitloses Bild, dass ich mir wünschte, selbst auf diesem Sofa zu liegen. Ich wünschte mir, zusammengewachsene Zehen zu haben und mir »Felicitá« anzuhören. Ich war immer schon so. Seit ich mich entsinnen kann, wollte ich jemand anderes sein. Auch das ist eine Art des Herumtreibens, des Herumtreibens in anderen Menschen.

Würde ich meiner Mutter nicht wie aus dem Gesicht geschnitten sein, hätte ich den Verdacht, dass ich adoptiert wurde und eigentlich das Kind einer Zigeunerin bin. Auch die Knie- und Gelenkschmerzen, die mich seit einiger Zeit plagen, wären dann schlicht der Ruf meiner Blutsverwandtschaft, eine Aufforderung zum Herumtreiben, eine Erinnerung an ein Erbgut und nicht die Symptome der Hepatitis.

* * *

Ich saß fast vier Stunden lang mit dem belesensten georgischen Parlamentarier im Café Santa Maria. Lewan Berdsenischwili ist ein großartiger Erzähler, ansonsten hätte man kaum so lange an einem Burrito kauen oder Chips in Guacamole tunken können. Ich kann auch nicht unendlich an Kaktuslimonade nippen. Wir haben es irgendwie geschafft. Da saßen wir also, mit fast leerem Magen im mexikanischen Café und mussten im Takt aufstoßen.

Wir gingen auseinander, ohne ein Wort über Politik verloren zu haben. Ich habe nicht mal gefragt, ob das Parlament nun das Gesetz verabschiedet hat, das den Verkauf von Noppenkondomen in Georgien verbietet. Dabei hatte eben dieser Parlamentarier Berdsenischwili bei der Debatte darüber etwas sehr Symptomatisches gesagt: »Wir können das Vergnügen am Sex genauso wenig verbieten wie den Autor Zaza Burchuladze.«

* * *

In der letzten Zeit höre ich mir immer öfter die gemeinsame Aufnahme von Coltrane und Dolphy an. Nicht weil der sanfte Killer Hepatitis die Leber von Trane aufgefressen hat und Dolphy in Berlin gestorben ist, oder doch?, vielleicht hat es damit zu tun. Natürlich ist es zu simpel, sich solche Brücken zu bauen, aber ohne sie ist es auch nicht besser. Besonders weil das die Momente sind, in denen ich am ehesten daran glaube, nicht allein auf der Welt zu sein. Das ist so eine transzendente Illusion, wie Thomas von Aquins Thesen zur Existenz Gottes, in jedem Fall eine angenehme Illusion. An Tote kann man sich ganz getrost anlehnen. Noch dazu, wenn man selbst schon einen Fuß ins Jenseits gesetzt hat. Dann wird die Unterhaltung mit den Toten ganz unwillkürlich zur Gewohnheit.

Ich muss unbedingt mal ein Barbecue zu Ehren von Eric Dolphy organisieren.

Warum ich keine Parallele zu Prometheus ziehe, der mit seiner ewig nachwachsenden Leber an den Kaukasusfelsen gekettet war, wo doch jedes Tröpfchen Blut in mir georgisch ist? Schon der Ewigkeit wegen. Weil er ein Halbgott ist, in mir aber nichts Göttliches steckt. Außer vielleicht meinen Gedanken, die ein stummes Gespräch sind über die vergangenen Begegnungen mit Gott, um den wichtigsten sowjetischen Philosophen zu zitieren. Wenn man bedenkt, dass dieser sowjetische Philosoph »der georgische Sokrates« genannt wurde, Sokrates aber deshalb bestraft wurde, weil er die gleiche Mission wie Prometheus erfüllte – den Menschen das Wissen zu bringen – fügt sich alles wieder zusammen. Und Descartes' berühmter Satz »Ich denke, also bin ich« setzt alldem den Deckel auf.

* * *

Das Internationale Literaturfestival in Berlin: Der Saal für die Afterparty ist klein, sodass nicht viele darin Platz haben.

Meine Lesung ist wohl nicht so übel gelaufen. Es hätte aber auch besser sein können. Vor mir hat Mircea Cărtărescu gelesen und nach mir Michael Cunningham. Letzterer ist beim Lesen fast eingeschlafen. Cărtărescu war besser als wir beide. Aber was Ai Weiwei auf diesem literarischen Marathon zu suchen hat, ist mir völlig schleierhaft. In Berlin wird er besonders verehrt, weshalb man den Chinesen hier fast überall antrifft: bei der Eröffnung des Schachwettbewerbs oder beim Blockbuster mit einer 3D-Brille und Popcorn auf dem Schoß.

Im Saal ist es so eng wie in der U-Bahn im Berufsverkehr. Die Luft ist voller Ambition und zum Schneiden dick. Jeder hat ein Glas Wein in der Hand und in der anderen einen Teller mit belegten Broten. Mein Mund schmeckt nach Eisen und in meinen Ohren summt es, als seien meine Mücken gerade erwacht. Außerdem kommt es mir vor, als ob ich irgendwie anders rieche, oder bin ich das wirklich? Mir schmerzen die Knie und meine Laune schwindet endgültig. Ich kann mich nicht mal auf den Busen von Lene Dürer konzentrieren. Dabei hat sie einen so riesigen Busen, dass man bei ihrem Anblick an die Woody-Allen-Szene denken muss, in der ein junger Mann von einem gigantischen Busen erdrückt wird. Eine wunderschöne Frau ist diese Lene. Ich habe nichts von ihr gelesen, wozu auch. Es ist sowieso klar, dass sie im Leben vieles erreichen wird. Mit so einem Busen hätte ich Berge versetzen können. Neben ihr steht Lydia Ziemke, die einer Puppe gleicht, einer ganz bestimmten Puppe. Während der Sommerferien in Grigoleti, am Schwarzen Meer, ging meine Mutter mit meiner Schwester und mir ins Kino, um den Film »Der Herausforderer« nach der Romanvorlage von Jorge Amado zu sehen. Das Sommerkino des Sanatoriums war so voll, dass die Menschen einander fast auf dem Schoß saßen. Einige saßen direkt auf dem Boden. Am nächsten Tag sang das ganze Sanatorium einstimmig den »Fischermarsch«. Wir waren so von diesem Film beeindruckt, dass meine Schwester und ich gleich am nächsten Tag die Szene von Doras Bestattung im Wasser eins zu eins nachstellten. Nur dass die Puppe, die meine Schwester dafür bereitstellte, nichts mit der Dora im Film gemein hatte. Heute würde die Puppe sicher einige Mädchen schockieren, dieses alters- und geschlechtlose Plastikwesen mit langem, kastanienfarbenem Synthetikhaar, weit aufgerissenen Kulleraugen und der komischen Figur eines Zwergriesen. Für uns und die damaligen Verhältnisse war es ein ganz gewöhnliches Spielzeug. Die sowjetischen Kinder waren da nicht so sensibel. Wir zogen der Puppe zuerst das Sprechgerät aus dem Bauchschlitz und füllten es mit schwarzem Magnetsand vom Strand. Dann legten wir sie bäuchlings auf eine Luftmatratze und schoben sie aufs offene Meer, wo wir sie eher feierlich als trauernd ins Wasser gleiten ließen. Sie sank so schnell und schwer wie ein Stein zu Boden, ohne jegliche Luftblasen. Ich kann mich noch genau erinnern, wie der braungebrannte Körper und das nasse Haar meiner Schwester, die auf der Luftmatratze lag und ihr hinterherschaute, in der Sonne glänzten. Da das Wasser in Grigoleti nicht sehr tief ist, konnte ich sehr gut sehen, wie der Meeresboden beim Aufprall trübe wurde.

Wie nach einigen schlaflosen Nächten erscheint mir hier auf dem Festival alles entfernt und schwer greifbar. Als ob ich die lärmenden Menschen ringsum nicht sehe, sondern mich an sie erinnere. Ich rekapituliere im Gedächtnis ihren Gesichtsausdruck, ihre Gestik, Kleidung und sogar ihren Geruch. Nur dass ich kein Wort von ihrem Gekreische verstehe. Als wenn jemand den Fernseher leise gedreht hätte. In den Schalen auf den langen Tischen gehen allmählich die Nüsse, Oliven und das Trockenobst aus. Auf einem Tablett liegen vereinzelt noch ein paar Käsewürfel, in denen Zahnstocher stecken.

Ich würde meinen Kopf so gern auf Lenes Busen legen und ein wenig schlafen.

* * *

Die Russen hätten die Grenze wieder weiter nach vorn verschoben … Ich weiß nun nicht mehr genau, wie groß Georgien ist. Als ich das Land verließ, »passte es nicht in einen großen Topf, war aber in einem kleinen nicht mal zu sehen.«

* * *

Ich würde Alissa Chihiro sehr gern beim Sandkuchen backen helfen, aber mir wird übel, wenn ich nur daran denke. Außerdem schmerzen meine Knie. Alissa Chihiro hantiert mit ihrer kleinen Schaufel in der feuchten Erde. Sie dreht und wendet den Plastikeimer ungeschickt, sodass die ganze Erde wieder rausfällt. Neben ihr schubst ein großer Deutscher kraftvoll die Schaukel seines Kindes. Neben mir auf der Holzbank sitzt seine Frau und starrt in ihr iPhone. Sie fährt immer wieder mit dem Daumen über das Display. Hin und her, hin und her … Man könnte meinen, sie betreibe Selbsthypnose.

Mich überkommt eine seltsame Vorahnung. Hoch oben fliegt ein Flugzeug über uns hinweg. Irgendwo kräht ein Rabe.

Am frühen Morgen hat es ein wenig geregnet. Es ist den ganzen Tag trüb, zugleich schwül und kalt. Ein komisches Wetter. Plötzlich hört Alissa Chihiro auf, in der Erde zu buddeln. Sie zieht einen toten Vogel am Flügel aus dem Loch und zeigt ihn mir. Ich zwinkere ihr zu. Toll, will ich damit sagen. Durch meine Mimik ermutigt, erhebt sie sich und trappelt in meine Richtung. Den Vogel hält sie wie eine Fahne vor sich hoch.

Und dann, bevor ich sie hätte warnen oder aufspringen können, sehe ich, wie sie von der Kante des Schaukelbretts getroffen und zu Boden geworfen wird. Sie liegt bäuchlings im Sand, hebt nur den Kopf und schaut mich mit ihren großen, verblüfften Augen an. Ihr Gesicht ist voller Sand, was mich unwillkürlich an »Accattone« erinnert, der am Ufer des Tibers mit dem Gesicht im Sand liegt. Alissa Chihiro drückt den toten Vogel automatisch an sich und weint nicht mal, als ich sie auf den Arm nehme. Sie legt sich die Hand an den Kopf und sagt zu mir: »Weh-weh«.

Dieses Weh-weh bringt mich völlig in Rage.

Der kräftige Deutsche lächelt von Weitem über das ganze Gesicht. Als wäre nichts passiert. Und stößt erneut die Schaukel an. Ich explodiere. Sein Grinsen bringt mich aus der Fassung. Mein ganzer Körper ist unter Anspannung.

»Verschwinde!«, rufe ich und erkenne nicht mal meine eigene Stimme.

Seine Frau lässt vom iPhone ab und schaut zu uns herüber. Der Mann hält die Schaukel an, grinst noch immer.

»Es ist doch nichts passiert«, beschwichtigt er.

All meine Höflichkeit und guten Manieren sind vergessen:

»Hör auf zu grinsen, sonst schneide ich dir die Lippen ab!«

Beide sehen mich an wie einen Wilden. Vielleicht habe ich etwas übertrieben. Es ist, als wenn ich ein Häufchen Scheiße in den Ventilator geschmissen hätte. Georgisches Aufbrausen ist hier tabu. Mein ganzes Inneres, all meine Gehirnzellen brennen vor Wut, eine Aubergine hätte in diesem Moment mehr Verstand als ich.

Nichts trifft einen Menschen so tief wie das öffentliche Versagen. Wenn die ganze Palette der Beleidigungen vor den anderen ausgebreitet wird wie ein Pfauenrad. Wenn man dazu einen Schluckauf bekommt, die Zunge trocken ist wie ein Handtuch und einem ein Schauder über den Rücken läuft. Wie nach einem leichten Erdbeben, wenn man nach der ersten Erschütterung nicht genau weiß, ob das Schlimmste vorüber ist oder noch bevorsteht.

Was mir in Berlin am meisten fehlt, sind die Erniedrigungen, in Tbilissi waren sie Teil meines natürlichen Zustands und begleiteten mich, zu Hause oder unterwegs, auf Schritt und Tritt. Tbilissi ist nicht, wie Petre Gruzinksi[15] singt, der Ort des Sonnenscheins und der Rosen, des neuen Warasi und greisen Mtatsminda, sondern ein Ort, wo dich jeder, ob Familienmitglied oder nur Passant, willkürlich oder unwillkürlich beleidigt und erniedrigt. Das zwingt einen dazu, immer wachsam zu sein, schlagfertig. Das Gehirn ist dabei so aktiviert, dass man mit einer Steckdose an den Schläfen vielleicht keine Waschmaschine, aber mindestens eine Nachttischlampe betreiben könnte. Ich weiß nicht, wie es den anderen ergeht, aber das Fehlen dieser äußeren Umstände führt bei mir zu starker Ermattung, es höhlt mich aus. Alles, was ich in Tbilissi umsonst hatte, wurde für mich im politisch korrekten Berlin zum Luxus. Auch dieses Gedicht habe ich nie so gut verstanden wie jetzt:

*Ich bin ein kleiner Georgier,*
*Sohn des Kaukasusgebirges,*
*Viel lieber sterbe ich hier,*
*als anderswo vergnügt zu leben*

Hier, also in Georgien, wo ein vergnügtes Leben unmöglich ist. Hier, wo es verunsichert, wenn man nicht erniedrigt und beleidigt wird. Doch beleidigt und erniedrigt sind wir unbesiegbar. Eben das ist unsere Kraft, unser »Gilt-nicht«, die Finger hinterm Rücken überkreuz. Jemand hat einmal gesagt, dass ein rechtzeitig eingesetztes »Gilt-nicht« wirkt wie ein Schwert. Der Riese Antaios war unbesiegbar, so lange er die Erde berührte. Herakles konnte ihn nur besiegen, indem er ihn in die Lüfte hob, die Verbindung zur Erde unterbrach. Wir sind genauso unbesiegbar, solange wir, »Gilt-nicht«, die Finger hinterm Rücken kreuzen; solange wir uns erniedrigt und beleidigt fühlen. Lieber sterben wir, als vergnügt und gut zu leben.

Darum habe ich Hannibal immer schon verstanden. Dieser Mann konnte Rom nicht mal dann erobern, als die Stadt wie eine Braut in der Hochzeitsnacht vor ihm lag. Für Saakaschwili trifft das ebenso zu. Auch ihn habe ich immer irgendwie verstanden.

Er war ein Mann der wahren, der höchsten Form der Erniedrigung. Warum sonst hätte er einen Krieg gegen Russland angezettelt, wenn er nicht auf Erniedrigung aus war? An dieser Stelle muss ich erklären, wie er das Land für die Selbsterniedrigung vorbereitet hat. Vor dem Augustkrieg betonte er in fast all seinen öffentlichen Auftritten, es gäbe auf der ganzen Welt kein Volk, das so weise, alt, so begabt und cool wie wir sei. Am Ende hat das ganze Volk daran geglaubt. Der Durchschnittsgeorgier betrachtete sich nun ganz anders im Spiegel, erhobenen Hauptes. Das war einer der seltenen Augenblicke, als Georgier nicht außerhalb nach einer Stütze suchten, sondern diese in sich selbst zu finden glaubten. Man war sogar stolz, Georgier zu sein. Das irritierte auch ein wenig.

Und als es soweit war und er voll im Rampenlicht stand, ganz Georgien, die halbe Welt auf ihn schaute, blamierte sich Saakaschwili bis aufs Mark. Das Beste zum Schluss, muss er sich gedacht haben. Als Gori, Stalins Geburtsstadt nahe der russischen Grenze, bombardiert wurde, wollte sich Saakaschwili vor Ort selbst ein Bild von der Lage machen und Stärke demonstrieren. Er stand da also umringt von Kameras, europäischen Diplomaten und seinen Sicherheitsleuten, im Hintergrund dunkler Rauch, das Feuer von Maschinengewehren, das Dröhnen der Kampfflugzeuge. Und auf einmal rannte er los. Raus aus dem Kreis seiner Vertrauten, raus aus allem, raus aus sich selbst. Von Panik ergriffen. Nie habe ich ihn so sehr verstanden wie in diesem Moment. Ein Mann, der die Rolle, die er jahrelang so überzeugend gespielt hatte, nicht mehr aushielt. Und verschwand.

Übrigens sprach er seither nie mehr davon, wie stark, weise und begabt das georgische Volk sei. Leute wie er lassen sich niemals die Chance auf ein solches Fiasko entgehen. Sobald er dann die Gelegenheit bekam, seine Niederlage einzuräumen, und diese kam bei den nächsten Wahlen, tat er das unverzüglich. Manche Gewinner sind einfach als Verlierer geboren, ich meine: beautiful losers. Ob Hannibal auch dazugehört, kann ich nicht mit Sicherheit sagen, aber meinem Gefühl zufolge würde ich sagen: ja.

⋆ ⋆ ⋆

»ADIBAS« ist schon bei Dussmann erhältlich. Es steht im Regal zwischen Bukowski und Burroughs, genauer gesagt zwischen »Das Liebesleben der Hyäne« und »Naked Lunch«. Ich würde »ADIBAS« an einer anderen Stelle platzieren, nur habe ich das nicht zu entscheiden, sondern das Alphabet. Immerhin macht sich mein Buch dort nicht ganz schlecht. Es ist ganz schön anzuschauen: Charles Bukowski, Zaza Burchuladze, William S. Burroughs …

⋆ ⋆ ⋆

Ich bin zu Fuß unterwegs von der Eberswalder-Straße in Richtung Rosenthaler, als ich unweit des Zionskirchplatzes Aliko Kartosia entdecke. Er gleicht irgendwie dem Kapitän Wrungel aus den Trickfilmen meiner Kindheit. Der ehemalige Bildungsminister spaziert, die Hände auf dem Rücken, seelenruhig durch die Straßen, als sei er gerade von einer Safari zurückgekehrt: Ledersandalen, Leinenhose, khakifarbene Weste mit aufgenähten Brusttaschen und eine Zigarre im Mund. Man könnte meinen, dass er seinen Hut und das Gewehr im Jeep liegen gelassen hat, der an der Ecke steht, eine erlegte Antilope auf das Dach geschnürt.

An der Ecke zur Kastanienallee gibt es ein kleines und sehr

gutes libanesisches Restaurant für ofengebackenen Fisch mit würzigen, scharfen Soßen. Und gleich daneben ein Retroladen mit alten Plakaten und Secondhand-Schallplatten. Während Aliko Kartosia und ich uns gerade umarmen, entdecke ich im Schaufenster das Album von Velvet Underground mit der Banane von Andy Warhol auf dem Cover.

Für Velvet Underground hatte ich nie viel übrig, Andy Warhol hat mich früher mal interessiert, aber das war dann irgendwann vorbei. Eine Banane jedoch wühlt mich immer noch auf. Mir wird immer ganz warm, wenn ich im Supermarkt an den übereinander gestapelten gelben Stauden vorbeigehe oder auf einem Plakat im Reisebüro die aufblasbare Banane mit braungebrannten Urlaubern im Meer dahingleiten sehe. Auch wenn eine schwarze Bananenschale aus der Mülltonne heraus hängt, wie ein Handschuh aus der Manteltasche, bin ich jedes Mal leicht elektrisiert. Ich habe aber immer noch nicht begriffen, wofür die Bananenbox steht, die man in jedem Berliner Supermarkt kaufen kann: den Gipfel des Wohlstandes oder der Idiotie? Was denken sich wohl die Menschen dabei, wenn sie die Banane wie eine Violine in einen Behälter packen?

Die Banane tauchte in meinem Leben sehr spät auf. Bis dahin hatten die Sowjetbürger sehr lange keine Ahnung, was für eine Farbe die Frucht mit der obszönen Form hatte.

Das änderte sich, als Ende der Siebziger getrocknete Bananen in den Tbilisser Läden auftauchten. Das waren in einem viereckigen, butterstückgroßen Paket zusammengepresste Bananenstücke, die eine so unansehnliche Färbung hatten, dass es einem Stück gepresste Scheiße ähnelte und nicht zu erraten war, wie die Frucht wohl vor dem Trocknen ausgesehen hatte. Keine andere Frucht verändert ihre Farbe auf so schreckliche Weise wie die Banane.

Als ich aufhörte, über die Banane zu sinnieren, war Aliko Kartosia schon nicht mehr zu sehen.

* * *

Ein Notruf aus Tbilissi. In Regierungskreisen, so der Anrufer, hätte man hinter verschlossener Tür gemunkelt, dass die Visafreiheit für Georgien, die fast schon abgesegnet war und zu der nur noch die offizielle Stellungnahme Angela Merkels fehlte, meinetwegen verschoben worden sei. Schuld daran sei mein jüngstes Interview im Tagesspiegel, in dem ich ein paar scharfe Worte über Georgien habe fallen lassen. Glaubt denn wirklich jemand, dass Angela Merkel Interviews mit Zaza Burchuladze liest? Es fällt einem wirklich schwer, sich nicht in ein Land zu verlieben, in dem so naiv gedacht wird. Als ob die Äußerungen eines First-Class-Second-Hand-Schriftstellers die Bundeskanzlerin beeinflussen könnten.

* * *

Das verschneite Berlin erinnert mich unwillkürlich an den Tbilisser Winter. Dieser ist gewöhnlich eine elende Angelegenheit. Als wenn es bei uns nur deshalb schneit, damit sich die Straßen in Schlamm verwandeln, im Fernsehen nur noch Schaumwein-Reklamen laufen und die Menschen ihr Gesicht mit hellgrünen

OP-Masken verdecken können, um sich vor Vogel- und Schweinegrippe zu schützen.

Wenn man vom Tbilisser Winter spricht, denkt man unwillkürlich an die Wohnblöcke, aus deren Fenstern hier und da ein rauchendes Ofenrohr guckt; oder an die Frauen, die in den kalten Zeitungsbuden am Heizstrahler sitzen und ihre Hände wärmen. Aber auch an die herrenlosen Hundemeuten, die um die Straßenecke rennen. Darunter auch immer ein Rassehund, zum Beispiel ein weißer Pudel mit schmutzigen Pfoten und lange nicht mehr geschnittenem Haar, das wie bei einem Schäfchen verfilzt ist.

Etwas ganz Typisches sind bei uns die ständigen Explosionen von Feuerwerkskörpern vor Silvester. Unsere Pyrotechnik ist besonders stark, ihr Lärm reicht bis in die obersten Etagen der Hochhäuser und lässt die Fenster erzittern, als detoniere irgendwo eine Bombe. Für fremde Ohren ist das sehr ungewohnt. Ich kann mich erinnern, wie mein deutscher Agent von diesem Lärm erschreckt wurde. Thomas Wiedling war das erste Mal in Georgien. Es war fünf Uhr morgens, als wir den Flughafen verließen. Wir standen gerade vor meinem Auto, als es irgendwo in der Altstadt knallte. Für Tbilisser Maßstäbe war es nicht besonders laut, aber für Wiedling reichte es völlig. Der sonst so gelassene und solide Mann ging instinktiv hinter seinem Koffer in Deckung.

Als er am zweiten oder dritten Tag den Müllbeutel zur Tonne brachte und dabei von einer Hundemeute verfolgt wurde, gab ihm das den Rest. »So etwas habe ich noch nie erlebt«, wiederholte er den ganzen Tag über. Was ist denn so außergewöhnlich daran, beim Gang zur Mülltonne von einer Meute schwänzelnder und feierlich jaulender Hunde eskortiert zu werden, die einen intensiv beschnüffeln?

⋆ ⋆ ⋆

Heute habe ich im Charlottenburger TK Maxx ein Schweizer Bally-Portmonee entwendet. Eigentlich brauche ich es nicht. Auch wenn die beigelegte Broschüre seriöser und amtlicher aussah als mein Ausweis. Und es ist unmöglich, sich die Chance entgehen zu lassen, ein sechshundert Euro teures Portmonee zu stehlen. Zwar war es auf zweihundert Euro reduziert, aber ursprünglich kostete es sechshundert. Sechshundert Euro! Mein Gott, für sechshundert Euro bekommt man schon einen gut erhaltenen Opel Vectra, vollgetankt. Ich frage mich, was mehr Ärger und Kopfschmerzen bereitet: ein gut erhaltener Opel Vectra mit vollem Tank oder ein neues, aber leeres Bally-Portmonee.

⋆ ⋆ ⋆

Heute Mittag kam Sigrun Reckhaus kurz mit einem Apfelkuchen bei uns zu Hause vorbei. Wie alle anständigen Menschen wechselten wir beim Teetrinken geschwind von einem Thema zum anderen: von den bewaffneten Konflikten zum internationalen Terrorismus, von der Verbreitung der Atomwaffen bis hin zu Ökologie und Klimawandel. Thematisiert wurden auch der Feminismus, der Anstieg der Weltbevölkerung und zum Schluss die Armut, Hungersnöte und das unumkehrbare Schwinden der Trinkwasserressourcen. Natürlich haben wir auch beteuert, dass ein gescheiter Mensch niemals die Anzahl der Holocaustopfer anzweifeln würde. Auch wenn diese Zahl von Jahr zu Jahr schwankt. Einig waren wir uns auch über den Geschmack von Bio-Lebensmitteln. Was den Apfelkuchen betrifft, der absolut nicht bio war, so schmeckte er nicht besonders, was mich nicht erstaunte. In Berlin habe ich selten leckeren Kuchen gegessen. Und ich kenne mich damit aus, da ich in gehobenem kulinarischen Umfeld aufgewachsen bin. Es ist keine Übertreibung, wenn ich behaupte, dass meine beiden Großmütter meisterliche Kuchenbäckerinnen waren, besonders die Großmutter väterlicherseits. Ich kann sie mir kaum außerhalb der Küche vorstellen. Aber auch meine andere Großmutter habe ich so in Erinnerung, riesig wie ein Elefant und immer geschäftig vor dem Gasherd. An süßen Desserts hat es also bei uns nie gemangelt, ob Windbeutel, Eclair, Torteletts oder Crème Brulée. Ganz zu schweigen von den verschiedenen Variationen des gleichen Apfelkuchens, der mit Baiser, Nüssen, Zitrone, Schokoladenglasur oder Zimtsahne zubereitet wurde. Um es kurz zu machen, der Kuchen heute hat nicht geschmeckt. Aber er kam von Herzen.

Überhaupt ist Sigrun eine sehr herzliche Frau. Nur dass sie wie jene Walküre heißt, die mit einem geflügelten Helm und einem Speer in der Hand hoch zu Ross durch den skandinavischen Himmel reitet. Sie bringt uns immer etwas mit, was natürlich nicht nötig wäre. Vor Kurzem hat sie für Alissa Chihiro einen Skianzug und einen bunten Tuschkasten mitgebracht.

Solche Geschenke sind noch etwas zu früh für sie und der Anzug fällt so überraschend groß aus, dass er mit Baucheinziehen auch mir passen würde. Aber das sage ich ihr natürlich nicht.

Später hatte ich ziemlichen Ärger, weil Sigrun zufällig meine Parisienne und das Feuerzeug eingesteckt hatte. Ich wähnte eigentlich noch ein volles Päckchen in meiner Jackentasche, aber dem war nicht so. Ich suchte die Ecken ab, in denen ich öfter mal einzelne Zigaretten liegen lasse: in der Tischschublade, auf dem Buchregal, im Hutfach oder auf dem Bilderrahmen an der Wand. Bei mir findet man immer Zigaretten wie Kleingeld, das zwischen die Sofaritzen gefallen ist. Ich hätte viel mehr finden müssen, aber es waren nur Achteinhalb, also acht ganze und eine gebrochene. Dabei ist meine Tagesration ein Päckchen. Also musste ich sparsam sein und das hasse ich. Die meisten waren schon so ausgetrocknet, dass sie brannten wie Stroh. Immerhin brannten sie überhaupt. Die dritte Zigarette blieb mir besonders gut in Erinnerung. SIE lag auf dem Regal hinter den Büchern und hatte das Aroma des indischen Duftstäbchens aufgesogen, das zufällig daneben lag. Sie betäubte mir sofort alle Nerven im Mund und die Leber gleich mit. Sie war so stark, dass ich es nicht mal gespürt hätte, wenn man mir die Zähne mit einer Handwerkszange gezogen hätte. Ich hatte nicht das Gefühl, eine Zigarette zu rauchen, sondern an einem Deoroller zu lecken.

In wenigen Minuten schlägt es Mitternacht. Salomé ist soeben eingeschlafen. An ihrem Kopf liegt der aufgeklappte Laptop mit erloschenem Bildschirm. Dabei wollte sie sich noch vor zehn Minuten den Film »Le Havre« von Kaurismäki mit mir anschauen. Ich war natürlich einverstanden. Ich liebe die Filme des

Finnen wegen der klaustrophoben Atmosphäre, der komischen Musik und den emotionslosen Schauspielern. Besonders aber wegen der feinen Art des Rauchens. Bei keinem anderen Regisseur rauchen die Filmhelden so genussvoll wie bei Kaurismäki.

Ich werde meine achte Zigarette rauchen und mich dann auch hinlegen. In der Nacht stehe ich nur selten zum Rauchen auf. Aber notfalls habe ich noch eine kleine Reserve, was mich beruhigt.

* * *

Ich würde gern schwimmen gehen, und unweit unserer Wohnung gibt es auch ein ganz hübsches Schwimmbad. Aber ich habe keine Lust, unter der Dusche auf andere hängende Schwänze zu schauen. Mir graut schon vor der Vorstellung der nackten behaarten Körper. Ich möchte auch selbst nicht beglotzt werden. Außerdem habe ich den Eindruck, dass mein eigener Schwanz tagtäglich kürzer wird. Von oben betrachtet kommt er mir irgendwie kleiner vor. Seit geraumer Zeit bemühe ich mich, auf öffentlichen Toiletten so vor dem Pissoir zu stehen, dass mein Schwanz vor fremden Blicken geschützt ist, dabei vermeide ich, die anderen zu beobachten. Es reicht völlig zu hören, wie ihr Urin aus ihren Penissen strömt wie Bier aus dem Zapfhahn. Mein Strahl hingegen ist dünn wie die Flüssigkeit aus einer Injektionsnadel. Oder die in einem Oldtimer schwerfällig an die Windschutzscheibe gesprühte Seifenlauge.

Einmal saß ich mit meiner Schwester vor dem Fernseher zur Gute-Nacht-Sendung für Kinder, unsere Eltern tranken Tee in der Küche. Ich war gerade im Begriff, mich heimlich barfuß in die Toilette zu schleichen – es war bei uns strengstens verboten, ohne Hausschuhe herumzulaufen. Ich wiederum mochte es sehr: Was ist schon ein Heim, wenn man nicht barfuß über den staubigen Parkettboden läuft. Ich war also gerade an der Küchentür, als ich hörte, wie meine Mutter meinem Vater zuflüsterte: »Kannst du ihn dir mal anschauen?«

Ich hätte so gern ihre Gesichter gesehen, im Türspalt war aber nur der Rücken meines Vaters. Schließlich sagte er, wie jemand, der das Thema endlich beenden will: »Na gut, ich schaue ihn mir an.«

Wir lagen schon in unseren Betten, als die Zimmertür aufging und meine Mutter leise fragte, ob wir schon schliefen.

Meine Schwester atmete gleichmäßig. Ich gab auch keine Antwort. Im Korridor brannte Licht. Ich lugte unter den Wimpern hervor und sah meinen Vater in der Tür, irgendwie verschwommen, entfernt und doch sehr nah. Meine Mutter kam auf mich zu und flüsterte: »Zazalein!«

Ich zuckte kurz und tat so, als würde ich weiterschlafen. Dann kam auch mein Vater dazu und stellte sich vor mein Bett, eine schwache Zigarettennote umgab ihn. Während meine Mutter behutsam die Bettdecke zurückzog, beobachtete sie mein Gesicht. Dann zog sie noch vorsichtiger meinen Slip herunter. Ich konnte es nicht sehen, spürte aber, wie sich mein Vater vorbeugte und sagte: »Was willst du, er ist doch ganz normal.«

Das, was mein Vater als normal bezeichnete, hatte sich vor Angst so zusammengezogen, dass ich es kaum noch spürte. Heute fällt es mir leicht, daran zu denken und es in Worte zu fassen. Aber damals waren urplötzlich alle Worte verschwunden und zurück blieben nur Angst und Verwirrung. Und die vorsichtige Hand meiner Mutter, die mein Körper nicht wiederkannte. Dabei habe ich mich bis dahin nie vor ihr geniert. Sie hat mich jeden Tag ausgezogen und in die Badewanne gesetzt. Sie hat mich eingeseift, gebadet und abgetrocknet. Ich genierte mich vielmehr vor meinem Vater, der mich in jener Nacht zum ersten Mal nackt sah, mein ganzer Körper war so verkrampft, dass mir sämtliche Muskeln wehtaten. Meine Eltern deckten mich wieder zu und schlichen sich aus dem Zimmer.

Seitdem gab es zwischen mir und meiner Mutter irgendwie einen Graben. Die Person, bei der ich mich fern jeglicher Gefahr gefühlt hatte, war nun kein Anker und keine Rettung mehr.

* * *

Während mir der Koreaner am Bahnhof Zoo einen sehr zweifelhaften Kaffee in den Plastikbecher gießt, beobachte ich einen kleinen Mann mittleren Alters mit einem sandgelben Hund. Im endlosen Chaos des Bahnhof Zoo sind die zwei nichts Besonderes. Der Hund hat ein beiges Halsband um, an dem eine dünne, aber feste Synthetikleine hängt. Der Mann trägt ein schwarzes T-Shirt mit einer schielenden Nietzsche-Karikatur und dem Spruch: »Es gibt keine Tatsachen, nur Interpretationen«. Über die rechte Hand hat der Mann einen orangen Plastikbeutel gezogen wie einen Einweghandschuh für Laboranten. Plötzlich kauert der Hund neben einem Baum. Der Mann schaut so erwartungsvoll unter den Hundeschwanz, als ob gleich ein Vogel herausfliegen würde.

Die Ampel leuchtet grün. Ich gehe über die Straße, vorsichtig, um den Kaffee nicht zu verschütten. Von der anderen Straßenseite sehe ich, wie der Mann die dampfend warme Hundekacke schön mit dem Säckchen aufsammelt und in die nächste Mülltonne wirft. Was für eine charmante Finesse der Zivilisation. Es würde mich interessieren, wie Nietzsche diese Szene interpretieren würde, der den Menschen beschreibt als ein über dem Abgrund gespanntes Seil zwischen Tier und Übermensch. Wer wird schon mit Bestimmtheit sagen können, dass der Übermensch nicht auch gezwungen sein wird, Hundekacke aufzusammeln?

* * *

Heute stellte der Fotograf der Frankfurter Buchmesse meinen Autorenkollegen Juri Andruchowitsch und mich so dicht nebeneinander, dass ich den Geruch seines Körpers in aller Schärfe riechen konnte.

Es war der gleiche Geruch, den die Hände meiner Urgroßmutter Keto auf dem Land hatten. Besonders an den Abenden, wenn sie die Kühe gemolken und die warme, schäumende Milch auf den Gasherd gestellt hatte. Da es dort kein Erdgas, sondern nur Flüssiggas gab, war die Flamme stets schwach orange statt bläulich zischend. Der Milchtopf wurde davon immer rußschwarz. Deshalb roch es eher nach verbranntem Kerosin als nach entflammtem Gas. Der Topf war dabei von einer Qualmwolke umgeben wie faules Obst von einem Schwarm Fruchtfliegen. Urgroßmutter Keto war eine wahre Meisterin ihres Handwerks. Sie wickelte eine lange, dreifach gefaltete Mullbinde um die Henkel und spannte sie über den Topf, dass sie gleichzeitig Topflappen und Filter für die Milch waren.

Ihre letzten Lebensjahre verbrachte Urgroßmutter Keto zwar in Tbilissi im Kreise ihrer zahlreichen Enkel und Urenkel, wo sie von einer Wohnung zur nächsten wanderte, den Milchgeruch aber trug sie stets bei sich, ohne ihn konnte man sie sich gar nicht vorstellen. Von dem Moment an, als sie nach Tbilissi zog, dachte jeder in der Verwandtschaft, sie würde es nicht mehr lange machen. Wie ein kleines Kind wurde sie mit Geschenken überhäuft, als bereiteten sie sie auf das Leben nach dem Tod vor. Wo sonst hätte sie solche Dinge gebraucht wie eine Sonnenbrille mit perlmuttglänzenden Gläsern und viereckigen weißem Gestell; oder den peinlich kurzen, schwarzen Seidenmorgenmantel mit chinesischer Drachenstickerei auf dem Rücken; die blauen Plüschhausschuhe mit großen roten Herzen und der goldenen Stickerei LOVE; das halbvolle Parfümfläschchen Climat Lancôme, dessen intensiver Duft früher fast jeder zweiten sowjetischen Frau anhaftete. All das – und es gab noch eine ganze Reihe mehr – war ein ganz spezifischer, von Familienmitgliedern angesammelter Krimskrams, der stets auf dem Schrankboden deponiert war und dort auf einen neuen Besitzer wartete. Nun war der »neue Besitzer« in Gestalt von Urgroßmutter Keto erschienen. Wem hätten diese Dinge sonst genützt? Die kleinen indischen Holzelefanten, die in den Achtziger Jahren in jeder ehrbaren Familie im Gästezimmer in einem extra Schränkchen platziert waren. Oder der Föhn mit verschiedenen Aufsätzen, der dröhnte wie ein Presslufthammer, aber bestenfalls ein leichtes Lüftchen entfachte und mich oft in lyrische Stimmung versetzte. Urgroßmutter Keto nahm all diese Geschenke, wie der Häuptling einen Tribut, entgegen. Nur dass den Angehörigen die Opfergaben allmählich ausgingen, weil die letzte Stunde des Häuptlings noch lange nicht geschlagen hatte.

Als Urgroßmutter Keto neunzig Jahre alt wurde, hatten ihre Kinder entschieden, sie nach Tbilissi zu holen, aber zur Überraschung aller starb sie erst im Alter von einhundertzwei Jahren und überlebte nicht nur ihre Kinder, sondern auch viele andere in unserer großen Verwandtschaft. Zwar hielt sich Urgroßmutter Keto bis zuletzt wacker, glich aber mit der Zeit immer mehr einer alten Kommode in einer neurenovierten Wohnung, in der alte Quittungen, Rezepthefte oder Fotoalben lagern.

Eine Besonderheit war auch ihr Sarg, der eines Tages dann doch nötig wurde. Die Verwandtschaft füllte ihn mit all den ungebrauchten Geschenken (einem Nageletui ohne Feile, der VHS mit ihrem Lieblingsfilm »Dirty Dancing« und der Benny-Hill-Show, einem portablen Blutdruckmessgerät, einer Packung bunter Haarklammern, einer No-name-Elektrozahnbürste, einem akkurat zusammengelegten Handtuch mit Hotelemblem und drei Sternen in der Ecke und so weiter). Sie hatte darin kaum noch Platz. Der Sarg glich einem dieser Spielzeugautomaten, aus dem mit einem Greifarm Sachen herausgefischt werden können, was nur in den seltensten Fällen gelingt, da man oft der Täuschung erliegt und die Eisenkralle für die Hand des Terminators hält, bevor man feststellen muss, sie ist schwach wie ein Schmetterling. So wie ein Schmetterling keine Blume aus dem

Boden reißen kann, vermag auch der Greifarm kein Spielzeug aus dem Automaten zu ziehen.

Bestimmt habe auch ich irgendeinen spezifischen Geruch. Mich würde interessieren, woran er Andruchowitsch erinnert hat? Ob er verstehen würde, dass ich mit dem jahrelang angesammelten Schrott genau so vollgestopft bin wie der Sarg meiner Großmutter? Oder aber mich zumindest als FIRST CLASS SECOND HAND-Schriftsteller erkennen würde? Wird er schließlich zu der Einsicht gelangen, dass wir beide demselben aufgelösten Land entstammen?

Sicher hätte ich noch etliche Episoden heraufbeschworen, wenn uns der Fotograf nicht: »Es genügt!« zugerufen hätte.

* * *

Ehe Alissa Chihiro nach dem Baden ihre Pampers angezogen bekommt, wird ihr auf dem Bett von Salomé so liebevoll der Popo gepudert, als wenn ein Konditor frisch gebackene Brötchen mit Puderzucker bestäuben würde. Das Puder riecht verdammt gut, wie gern würde ich meinen Popo damit bestäuben.

* * *

Ich sitze im Zahnarztsessel. Die Lampe leuchtet mir ins Gesicht, meine Augen sind zugekniffen, der Mund weit geöffnet.

Seit einigen Tagen ist mein Zahnfleisch angeschwollen, dass ich den Mund kaum noch schließen kann. Dabei hatte ich in

Sachen Mundhygiene nie Probleme. Und dann fiel mir gestern Nacht ein Zahn aus dem Oberkiefer. An seiner Stelle ist eine große, weiche Delle. Er ist mir im Schlaf ausgefallen, schmerzlos, ohne Blut und samt Wurzeln. Beim Aufwachen fand die Zungenspitze das Loch von selbst.

Der kahle Zahnarzt gleicht mit seinem Schnurrbart einem Dönerverkäufer, hat aber eine Stimme wie eine Nachtigall. Auf dem Kittel trägt er eine laminierte Plakette: Professor Dr. Klaus Schultz. Er erinnert mich an jemanden, und ich weiß auch schon wen, aber derjenige hat wohl keinen Schnurrbart.

»Wie es aussieht, kommt Ihr Weisheitszahn gerade heraus, was gewöhnlich im Alter von 17 bis 25 Jahren geschieht. Aber manchmal auch später«, zwitschert er. »Der Prozess bereitet oftmals Schwierigkeiten, da es keinen Milchzahn als Vorgänger gibt, der ihm den Weg bereitet und auch keinen hinteren Nachbarzahn, der ihn davor bewahrt, schief zu wachsen.«

Keine Ahnung, warum er mir das alles erzählt. Er trägt einen Mundschutz. Trotzdem dringt sein Mundgeruch in meine Nase. Plötzlich muss ich an Boni denken, den Pudel einer meiner ehemaligen Frauen. Genauer gesagt, der langjährige Gefährte und Quälgeist ihrer Großmutter. Er hat sein Frauchen nie verlassen und ist dann, nach ihrem Tod, vor Kummer gestorben. Er legte sich auf ihr Kissen und rührte keinen Bissen mehr an. Dabei war er immer ein verfressener Hund gewesen, der der Großmutter überall aufgelauert hatte: vor der Toilette, am Tisch oder Bett. Immer in Erwartung eines Leckerbissens. Mit Bonbons verwöhnt, glich er einem behaarten, kranken Schweinchen. Seine Augen waren immer verklebt und das Fell war hier und da ausgefallen, sodass die rosige Haut unschön durchschimmerte. Die ganze Wohnung war von schmutzigweißen lockigen Hundehaaren bedeckt. Boni hatte einen ähnlichen Mundgeruch.

»Der Weisheitszahn muss außerdem den schon formierten und kalziumreichen Unterkiefer durchbrechen«, erklärt Dr. Schultz und fragt, seit wann mein Zahnfleisch geschwollen sei. Um mich antworten zu lassen, zieht er die Hand aus meinem Mund.

»Der dritte Tag heute.« Ich begreife nicht, ob ich meinem Mund schließen oder offen lassen soll und er bleibt dann halbgeöffnet.

»Wie es scheint, hat es Ihr Weisheitszahn schwer zu wachsen. Wenn wir das Zahnfleisch oben etwas wegschneiden, wird der Weg freigelegt und das Problem ist bald erledigt.«

Dr. Schultz macht die Lampe aus und ich öffne die Augen. Neben ihm liegen auf einem Rolltisch die Instrumente aus. Daneben steht das Anästhesie-Spray. In einem Plastikcontainer liegen wie Maden die Wattetupfer.

»Muss denn unbedingt geschnitten werden?«, frage ich und befühle mit der Zunge das geschwollene Zahnfleisch.

»Es ist sehr zu empfehlen.« Dr. Schultz zieht seinen salatgrünen Mundschutz bis zum Kinn runter. Sein Schnurrbart dient wohl zum Verdecken seiner Hasenscharte. So wie er mich anschaut, scheint er meine Zustimmung zu erwarten.

»Dann schneiden wir es ab«, sage ich.

»Wann haben sie denn den anderen Zahn gezogen?«

»Er ist von selbst rausgefallen, mit der Wurzel.«

»Ein großer Zahn fällt nicht von selbst raus.« Seinem professionellen Lächeln nach glaubt er mir nicht. Er zieht seinen Mundschutz wieder hoch, als wolle er mir nur seine Hasenscharte zeigen.

»Und noch dazu mit der Wurzel.«

»Ich habe heute Morgen bemerkt, dass der Zahn fehlt.«

»Heute Morgen?«, fragt Dr. Schultz wieder ungläubig nach. So etwas höre ich zum ersten Mal. Hatten Sie vorher Beschwerden oder hat er gewackelt?«

»Das war ein gesunder Zahn. Vermute ich zumindest.«

»Haben Sie ihn vielleicht mitgebracht?«

Ich verneine und begreife erst jetzt, dass ich im Bett nicht gründlich danach gesucht habe. Vielleicht liegt er zwischen den Falten der Bettdecke. Beim Aufwachen dachte ich, ihn verschluckt zu haben.

»Öffnen Sie den Mund!«

Dr. Schultz zieht mit dem Zeigefinger meine Wange zur Seite und berührt meine Zahnlücke mit dem Finger.

»Interessant … Der Zahn ist also von selbst rausgefallen?«

Da sein Gummihandschuh-Finger zwischen meinen Zähnen liegt, nicke ich zur Antwort lediglich.

»Ohne ein Röntgenbild vom Kiefer können wir das Zahnfleisch nicht beschneiden.« Dr. Schultz zieht seinen Finger aus meinem Mund. »Vielleicht muss auch eine Ultrasonographie gemacht werden.«

Jetzt begreife ich, an wen er mich erinnert: an Guga Kotetischwili, diesen Typen, der die ganzen Cafés in der Tbilisser Altstadt gestaltet hat – ein schlechter Dichter, ein mittelmäßiger Fotograf und ein guter Designer. Vor drei Jahren waren alle Cafés und kleinen Restaurants in Tbilissi mit dem »Guga-Virus« infiziert. Ich weiß nicht, ob es heute noch immer so ist. Damals galten wackelige Stühle, verblichene Decken sowie unter dem Wasserhahn platzierte Nickeleimer oder bemalte Emailleschüsseln als Standard der Tbilisser Cafés. Ein geübtes Auge konnte die von ihm gestalteten Cafés leicht von denen unterscheiden, die ihn nur nachahmten. »Gugas Stil« bedeutet nicht nur die Räumlichkeiten mit Flohmarktfundstücken aus verschiedenen Epochen auszustatten. Wichtig ist, zwischen ihnen einen Zusammenhang herzustellen. Und wenn es keinen gibt, diesen zu schaffen. Das kann Guga. Auch wenn man nie genau versteht, wo dieser Zusammenhang beginnt und endet. Als ob in einem Raum mehrere Zeiten existieren.

* * *

*Alle sagen: das Berghain, das Berghain. Alle haben mir davon erzählt, aber selbst habe ich es kein einziges Mal gesehen. Wie viele Male schon (tausende Male) habe ich im Rausch oder danach mit brummendem Schädel Berlin durchquert, von Norden nach Süden, von Westen nach Osten, aufs Geratewohl, von einem Ende zum anderen, aber das Berghain habe ich kein einziges Mal gesehen. So auch gestern wieder, obwohl ich den ganzen Abend lang in der Gegend dort herumgekurvt bin, und nicht etwa, dass ich besonders betrunken gewesen wäre* [16] Stattdessen landete ich im Lido, bei einem Konzert von Alva Noto. Keine Ahnung, wer dieser Alva Noto ist, aber seine musikalischen Phrasen, die nur minimal variiert werden, wiederholen sich so schlicht, gelassen und träge, als würden sie von einem musikalischen Thema zum nächsten reisen und im Laufe eines Konzerts nur ein einziges Motiv bearbeiten. Auch wenn sich seine Kompositionen ähneln, sind ihre Konzeptionen zur Realisierung ganz unterschiedlich. Hier sind Varianz und Ähnlichkeit zwischen den Kompositionen in einem Verhältnis wie bei den Gemälden von Paul Bilhaud »Der Kampf der Schwarzen in einem Tunnel« (1882) und Kasimir Malewitsch »Das Schwarze Quadrat« (1915). Beide zeigen eine schwarze Fläche, nur dass unter Malewitschs schwarzem Quadrat, so die Kunstexperten, Plagiate anderer Bilder zu finden sind, unter anderem Alphonse Allais' »Kampf der Schwarzen in einem Keller, bei Nacht«, ein Gemälde, das wiederum ein Plagiat von Paul Bilhauds »Kampf der Schwarzen« ist.

Auf ähnliche Weise reisen Alva Notos Phrasen von Stück zu Stück und erzeugen im Ganzen den Eindruck einer ununterbrochenen Melodie. Jede Komposition beinhaltet in sich auch den Kontext der eigenen Präsentation wie in der kanonischen Installation von Joseph Kosuth, in der er den Stuhl, dessen Foto und den dazugehörigen Wörterbucheintrag zusammen ausstellt. Das Kunstwerk ist selbstreferentiell und autark. Jedes der drei Elemente ist hinreichend durch die beiden anderen bestimmt.

Ich hatte mich an die Wand gelehnt, da ich nicht tanzen kann, und schaute auf die langsam schaukelnden Menschen, lauschte der Musik. Elektronische Musik ist mir fremd. Weder mag ich sie besonders, noch stößt sie in mir etwas an. Sie lässt mich irgendwie kalt. Dabei fällt mir aus irgendeinem Grund Erik Satie ein, besonders seine »Möbelmusik«, die nicht zum Anhören gespielt wird, sondern um nicht beachtet zu werden.

Zugleich muss ich aber auch an Alphonse Allais' »Trauermarsch, komponiert für das Begräbnis eines großen, tauben Mannes« und an John Cages »4'33''« denken. Beide Werke beinhalten keine einzige Note. Beim Marsch sind die Verehrung des Todes und des Taubseins durch die Stille verbunden. Die Partitur von Cages Komposition verlangt von den Interpreten nichts. Das Orchester sitzt 4 Minuten und 33 Sekunden lang regungslos da. Nur liegt im Unterschied zu Allais bei Cage noch ein weiterer Sinn in diesem Stück, und zwar dass jegliche Klänge Musik sind, auch die Stille an sich. Und alles, was wir hören oder nicht, Lärm ist. Der Unterschied zwischen den beiden besteht also in der Konzeption der Realisierung. Das Kuriose besteht aber darin, dass nicht die Ursprungswerke, sondern deren Versionen, »4'33''« und »Das Schwarze Quadrat« allgemein bekannt geworden sind.

* * *

Ich habe in letzter Zeit so unruhige Träume, dass es mich nicht wundern würde, wenn ich eines Tages aufwache und mich in ein ungeheures Ungeziefer verwandelt hätte.

* * *

Wenn man am Hackeschen Markt durch die ineinander verschachtelten Höfe spaziert, stößt man zwischen den kleinen Boutiquen auf einen schmalen Durchgang, der durch einen schmutzigen Innenhof zum Kino führt. Ich meine nicht das marmorverzierte Kino, das auch in den Hackeschen Höfen untergebracht ist, sondern einen kleinen abgelegenen Kinosaal, in dem alte Filme gezeigt werden. Ein sehr angenehmer Ort, den ich leider noch nie gemeinsam mit Salomé besucht habe, da wir wegen Alissa Chihiro immer nur einzeln herkommen können. Heute wird der Film »Die Nacht ist jung« von Leos Carax gezeigt. Aber Carax ist nicht mein Regisseur. Mir gefällt nur sein Kurzfilm »Merde«, der nicht mal ein Film, sondern eher die Hymne eines Obdachlosen oder das Wanderlied eines Vagabunden ist.

Es hat sich mal so ergeben, dass ich Leos Carax beim Tbilissi Filmfestival im Dezember kennengelernt habe. Nach einer sehr kurzen und blamablen Pressekonferenz mit den georgischen Journalisten sagte mir dieser, er würde jetzt gern einen Joint rauchen.

Ich musste innerlich lachen. Wie hätte ich jemandem aus Paris erklären können, dass bei uns viele Annehmlichkeiten unmöglich zu erlangen sind, mitunter das Zeug zum Kiffen. Hätte er sich vorstellen können, dass wir im Land, das der Sage nach der Muttergottes zugefallen ist, für den Vertrieb von einem Gramm Betäubungsmitteln mit drei Jahren Haft rechnen müssen und der Konsument selbst mit fünfhundert Lari bestraft wird? Sicher nicht.

Also habe ich dem Franzosen gegenüber davon gar nicht erst angefangen und direkt Giorgi Nakaschidse angerufen, der stets für alle Fälle etwas parat hat. Er erntet im Spätsommer auf dem eigenen Grundstück seine Pflanzen und trocknet sie im Herbst wie Kräuter, die er bis zur nächsten Ernte in einem gut verschlossenen Sack aufbewahrt. Davon wissen nur wenige Eingeweihte. Da bei uns alle Wände Ohren haben und jeder Anruf abgehört wird, erklärte ich ihm die Situation verschlüsselt. Er antwortete mir mit einer fast erstickten Stimme, wohl mit der Hand vor dem Mund, dass er gerade bei der Totenwache seiner Großmutter sei und entweder später vorbeikäme oder wir ihn dort aufsuchen sollten.

»Das hab ich nicht gewusst«, entgegnete ich ihm und musste sofort an Großmutter Nora denken, mit ihrem kleinen Kopf und dem angelegten Haar, das von Zeit zu Zeit orange schimmerte und dessen Ansatz immer aschgrau war. Ich musste an ihren Walnuss-Sirup denken, den sie uns noch vor Kurzem am kleinen Küchentisch beim Teetrinken aufgetischt hatte. Vielleicht kamen mir die eingelegten Walnüsse auch nur durch das Kiffen besonders zart vor, aber sie zergingen jedes Mal wie Baiser auf der Zunge. Da mir nichts Besseres einfiel, fragte ich ihn, wann sie gestorben sei.

»Vorgestern.«

Totenwachen und Beerdigungen sind nicht mein Ding. Kiffen eigentlich auch nicht. Ich hatte aber so geschäftstüchtig angerufen, dass der Franzose nun sicher voller Hoffnung war. Falsche Hoffnungen zu stiften ist zwar mein Metier, aber was macht man nicht alles für seinen Nächsten. Der Franzose war von dem Angebot sehr angetan und freute sich, dabei auch noch eine georgische Totenwache zu erleben.

Unterwegs im Auto versuchte ich, ihm die Besonderheiten unserer Totenwache zu erklären. An solchen Tagen werden in der Wohnung der Verstorbenen alle Spiegel mit Tüchern verdeckt. Der Sargdeckel ist an das Treppenhaus gelehnt und wird nachts in die Wohnung geholt, damit er nicht verschwindet. Zwar würde keiner einen losen Sargdeckel benötigen, aber wie es bei uns heißt: Chlor, das nichts kostet, schmeckt wie Sahne. Der Sarg wird im großen Zimmer so platziert, dass die Beine des oder der Verstorbenen zum Haupteingang ausgerichtet sind. Am Kopfende steht ein hoher Kerzenständer, der meist von einer Kirche geliehen wird. Darauf steht eine Wachskerze oder ein spezielles Öllämpchen, eine Schüssel voll Weizen und ein Glas Wasser. Im Laufe des Tages liest neben dem Kerzenständer immer jemand die Gebete für das Seelenheil der Verstorbenen, was meist der Predigt für einen Wolf gleicht[17]. Die Blumen werden um den Sarg herum platziert, und die Trauerkränze wie Rettungsringe an die Wände gehängt. Die Nachbarn sind angehalten, an diesen Tagen etliche Speisen zu bringen: mit Walnuss angerichtete rote Bohnen, warme Maisfladen und süßen Reis mit Rosinen und getrockneten Aprikosen, das alles duftet so, dass einem das Wasser im Mund zusammenläuft. Am Küchentisch sitzen immer irgendwelche Männer aus der Verwandtschaft mit geschäftigen Minen, sprechen am Handy und notieren dabei irgendetwas. Meistens kümmern sie sich um den Leichenschmaus und den Wein. Ihrem Gesichtsausdruck nach haben sie den Leichenwagen bereits bestellt und ähnliche Formalitäten erledigt und müssen nur noch den beim Leichenschmaus obligatorischen Stör und die frischen Flussfische auftreiben. Darüber hinaus gibt es immer ein oder zwei Freiwillige, die mit den Angehörigen am Sarg die Nächte durchmachen. Dabei wird meistens so viel geraucht und geschwatzt, dass sie am Morgen Visionen bekommen. Am Tag der Beerdigung werden als erstes die halbwelken Blumen und das vergrößerte Foto der verstorbenen Person aus dem Haus getragen. Die Holzbank, auf der der Sarg aufgebahrt war, wird von einigen bärtigen Männern auf die Seite gekippt, während der Sarg hochgehoben und im Uhrzeigersinn darüber gedreht wird. Danach wird er mit einer Ecke dreimal gegen den Türrahmen gestoßen und mit Ächzen und Ellbogengedrängel über den Schultern hinausgetragen. Manchmal ist es üblich, am Türrahmen einen Teller bereitzuhalten, der in Scherben gehen muss, wenn der Sarg dagegen stößt, wie es auch bei Neuvermählten Sitte ist. Es gibt immer einen, der bei der Beerdigung die Initiative ergreift und mit kurzen Anweisungen die ganze Zeremonie dirigiert wie ein Polizist den Berufsverkehr. Schließlich wird der Sarg am Rande der frisch ausgegrabenen feuchten Grube abgestellt, damit sich die Angehörigen noch einmal von dem Toten verabschieden können. Diejenigen, die die kalte, bläuliche Stirn noch einmal küssen wollen, reihen sich darum und so weiter und so fort.

Als ich meine Ausführungen beendet hatte, starrte mich der Franzose so erstaunt über seine Brille hinweg an, als könne er mir einfach nicht folgen. Sicher hatte er schon den Faden verloren, als ich vom kostenlosen Chlor sprach, das nach Sahne schmeckt.

Kurz darauf erreichten wir den Chruchtschow-Plattenbau am dritten Plateau der Nutsubidse-Siedlung und reichten den Männern auf dem Flur im Treppenhaus die Hand. Dann drehten wir eine Runde um den Sarg im Zimmer und verneigten uns vor den Frauen in Schwarz, die ringsherum saßen.

Ich hätte mir nie denken können, dass ein Mensch in so

kleine vier Wände passt. Die Kommunisten waren ganz schön praktisch. Wenn ihnen genug Zeit geblieben wäre, hätten sie bestimmt einen ganz neuen Menschentyp gezüchtet – den arbeitsamen Zwerg, mit möglichst geringem Rohstoffverbrauch.

Aus der Musikanlage erklangen Kirchenlieder. Die schwere Luft war mit dem bittersüßen Duft der Blumen durchsetzt. Am Kopfende des schuhkartongroßen Sargs von Baba Nora standen zwei Kristallgläser: mit Wasser und mit Weizenkörnern. Daneben lagen auf einem dünn gebundenen, weinroten Gebetsbuch ein paar Wachskerzen, eine Streichholzschachtel und eine verrußte Pinzette, die zum Herausziehen des Dochts der Öllampe benutzt wurde. Ein kleines Schwarz-Weiß-Foto von Baba Nora war daran angelehnt, auf dem eine junge Frau mit einer etwas seitlich aufgesetzten Baskenmütze kokett lächelte. Die Frauen um den Sarg herum trugen alle Schwarz. Darüber hatten sie alle einen schwarzen Mantel wie eine Burka umhängen und ein zerknülltes Taschentuch in der Hand. Manche hatten zur Reserve sogar ein zweites Taschentuch im Pulloverärmel stecken. Beim Hinausgehen sah ich vom Korridor aus, dass eine in Schwarz gekleidete trauernde Frau ultrasportliche weiße Nike-Sneakers mit einer Air-Max-Luftpolstersohle anhatte und ihre Füße sicher deshalb unter dem Stuhl verborgen hielt.

Bei unserem Anblick entfernte sich Giorgi Nakaschidse von den Trauernden und führte uns in ein Bad von der Größe eines Drei-Personen-Aufzugs. Dabei machte er eine so ernste Miene wie eine Sekretärin, die den Chef ins Büro leitet. Er spielt ständig eine Rolle: mal das Rotkäppchen, mal das Großmütterchen, mal den Wolf, mal den Jäger und manchmal alle vier zusammen.

In dem Moment, als er mit aller Vorsicht und sehr theatralisch den ausschließlich für uns gedrehten und sehr langen Joint aus der Jackentasche zog, erinnerte er mich an einen Zauberer, der ein unendlich langes Taschentuch aus dem Hut zieht. Er reichte dem Franzosen den Joint mit beiden Händen wie ein japanisches Katanaschwert und rief ihm wie ein wütender Samurai aus dem Bauch heraus zu: »Dozo!«

Genau das zeichnet Giorgi Nakaschidse aus. Er weiß sich auch in Ausnahmesituationen zu benehmen. Und wäre an diesem Abend der Heilige Petrus mit dem Schlüssel zum Himmel anstelle von Leos Carax vor ihm erschienen, er wäre genauso wenig aus der Fassung geraten.

In der vergilbten Badewanne mit abgeblätterter Emaille lagen ein Paar cremefarbene Gummischuhe wie tote Goldfische in einem leeren Aquarium und vor dem Spiegel eine Tube mit Zahnprothesen-Fixiergel. Unter dem Waschbecken stand ein Eimer voll Wasser mit einer Plastikschöpfkelle darin, deren langer Henkel aus dem Eimer ragte. Der Raum war so winzig, dass wir fast aneinander klebten. Ich durfte die Pickel auf Giorgis Nacken in all ihren Details bewundern und seinen bittersüßen Geruch mit aller Heftigkeit inhalieren.

Sobald der Franzose den Joint an den Mund geführt hatte, reichte ihm Giorgi das Feuerzeug. Der Franzose zog den Qualm mit seinen rundlichen, wie zum Kuss nach außen gewölbten Lippen ein. Er saugte gierig daran und behielt den Qualm in der Lunge. Dann reichte er den Joint zurück an Giorgi. Noch bevor ich dran war, hatte ich am Duft erkannt, dass es etwas ganz Besonderes war: die Sorte Apocalypse Now, hier und jetzt.

Dass die alte Klimaanlage nicht mehr imstande war zu lüften, hörte man schon an ihrem Geklapper. Also versanken wir allmählich im weißen Dunst wie echte Rockstars auf der Bühne. Indessen knipste jemand, als wäre es Teil der Choreographie, von außen das Licht aus. Eine Zeitlang konnte man nur das glimmende Ende des Joints sehen, das wie ein Glühwürmchen durch die Luft kreiste, während er von Hand zu Hand gereicht wurde. Keine Ahnung, womit der Joint noch gefüllt war, aber er sprühte Funken und knisterte wie Neujahrsfeuerwerk. Zwischendurch beleuchtete der rote Punkt reihum unsere Gesichter.

Keiner von uns sprach ein Wort. Die Kirchenlieder im Korridor nebenan waren unsere Stummfilmmusik. Erst beim Hinausgehen erwiderte der Franzose dem Gastgeber: »Arigato, George-San!«

Mit ausgetrocknetem Mund mischten wir uns wieder unter die Männer im Treppenhaus, die zur Totenwache gekommen waren, und zogen eine wohlbekannte Duftwolke hinter uns her. Nakaschidse stellte uns irgendwelchen Typen, Tazo und Kacha, die wohl aus seinem Kiez waren, als seine Französischen Freunde vor.

Obwohl ich schon lange nicht mehr im georgischen Fernsehen aufgetreten war, schienen mich Tazo und Kacha zu erkennen, was sie sich aber nicht anmerken ließen. So schwer zu erkennen war ich ja nicht. Ich hatte damals in Tbilissi eine so bekannte Visage wie noch heute kaum einer. Dazu zählte nicht zu Letzt mein kahl geschorener Kopf, in den man wie in einen Spiegel blicken konnte. Genauso wie die Künstler auf der Suche nach ihrem Stil sind, habe ich lange nach meinem Bildnis gesucht und in den Nullerjahren in Tbilissi fast eine Ikone daraus gemacht. Das war damals, als der Exzess noch einen Skandalwert auf dem georgischen Literaturmarkt hatte und nicht Teil von ihm war. Obwohl die Schriftstellerei bei uns bis heute einen höchst sakralen Wert hat und nur längst verstorbene Autoren als echte Schriftsteller gelten.

Dabei hatte ich den literarischen Rahmen längst verlassen und mich in das Fernsehen gehockt wie ein Mannequin ins Schaufenster. Es gab keine Sendung, die mich nicht eingeladen hätte. Es kam sogar so weit, dass ich in einer Live-Sendung etwas gekocht habe … Und darunter stand mein Titel »Zaza Burchuladze, Schriftsteller«, was besonders amüsant war. Dieser »Schriftsteller« pflegte damals Äußerungen in Live-Sendungen von sich zu geben, dass der empörte Präsident des Landes sich genötigt sah, wie bei einer Naturkatastrophe sich aus seinem Privatjet live in die Abendnachrichten schalten zu lassen. Die längst verstorbenen Schriftsteller drehten sich, wie Schaschlik am Spieß, im Grabe um – urteilte zumindest die Boulevardpresse in Georgien über mich. Ich spürte sehr genau, wie ich dem georgischen Zuschauer einen Gefallen tun, wie ich seine Energie aktivieren, seine Wut anstacheln konnte. Unter uns gesagt, verleihen die Präsidenten viel häufiger Orden, als dass sie sich empören. Und wenn sie sich empören, zeigen sie das nicht nach außen, sondern lächeln darüber hinweg wie Puppen. Deshalb erinnert sich jeder Trottel im Land, wer und was seinen Präsidenten empört hat, aber keiner, wem und warum der Präsident einen Orden verliehen hat, auch wenn es im Fernsehen übertragen wurde.

Tazo und Kacha reichten uns die Hand und vergaßen uns sofort. Ich habe also nicht mehr konkretisiert, dass der andere der Franzose war und ich der Freund. Die Männer im Treppenhaus diskutierten gerade das Thema des Dawit-Garedscha-Klosters[18]. In meiner Umnebelung schien mir die Diskussion sehr ernsthaft. Es ist alles möglich. Bei der Totenwache vergeht die Zeit langsam. Deshalb wird oft ein Thema hervorgeholt und hitzig diskutiert. Der Franzose fragte mich leise, worüber sie sprächen.

»Aserbaidschan will Georgien einen Berg wegnehmen«, übersetzte ich ihm leise.

Die Männer waren so in die Diskussion vertieft, dass sie uns keinerlei Beachtung schenkten. Ich hatte den Eindruck, dass sie sich innerlich schon mit der Niederlage abgefunden hatten. Es schien ihnen so gut wie sicher, dass sich Aserbaidschan des Bergzuges bemächtigen würde. Die kollektive Vorstellung der bevorstehenden Niederlage hatte die Männer im Treppenhaus einander näher gebracht.

Der Franzose fragte mich, während er sie beobachtete:

»Und ist das ein großer Berg?«

»Ziemlich groß«, auch wenn ich ganz schön benebelt war, begriff ich, dass unser Gespräch langsam ausuferte. Zur weiteren Klärung der Situation hätte ich ihm sicher erzählen müssen, dass sich auf dem Berg ein Kloster befindet, das im 6. Jahrhundert von einem der »Dreizehn syrischen Väter« gegründet worden war. Aber ich schaffte es nicht. Meine trockene Zunge war kaum zum Sprechen fähig. Außerdem konnte ich die Muslime schon immer verstehen, wenn es um landschaftliche Erhöhungen ging. Ob Berg, Hügel oder Anhöhe, wegen Mohammed sind sie da einfach besonders drauf fixiert.

»Interessant«, murmelte der Franzose für sich, »warst du schon mal dort?«

»Früher, als kleiner Junge«, entgegnete ich, wobei die alten Fresken in der Felsenhöhle vor mir auftauchten, die ich dort gesehen hatte. Ich sah sie sehr deutlich vor mir und konnte nicht ganz begreifen, ob ich wirklich ein Marienbildnis mit zwei Kindern gesehen oder meine kindliche Einbildung das zweite Kind nur dazu erfunden hatte.

»Ist diese Stelle weit weg von Tbilissi?«

»Nicht so sehr. Wollen wir sie besichtigen?«, ich richtete diese Frage eher an mich selbst, weil ich plötzlich den dringenden Wunsch verspürte zu überprüfen, ob die Muttergottes von Dawit-Garedscha wirklich mit zwei Kindern abgebildet ist.

Und wenn es so war, was diese Doppelung bedeutete? Eine göttliche Dichotomie? Was stellt dieses Fresko dar? Vielleicht die Doppelnatur von Jesus Christus? Einen Hinweis auf die zwei Hypostasen – sein menschliches und sein göttliches Wesen? Hat das Jesuskind Erkenntnismerkmale? Oder ist es eine Art theologisches Rätsel, das dem Kinderspiel »Finde die zehn Unterschiede« gleicht? Es schwirrten immer mehr Fragen in meinem Kopf herum, sicher wegen dem Zeug, das wir geraucht hatten.

Der Franzose schüttelte sich und rieb sich die Hände, als wollte er sie wärmen oder vielleicht auch nur waschen. Er machte viele zweideutige Bewegungen. Ich war nicht sicher, ob er mir zunickte oder nur mit den Schultern zuckte. Wohl eher das Erste. Mit meiner trockenen Zunge gelang es mir gerade noch, ihm vorzuschlagen, dass wir morgen hinfahren könnten. Er willigte sofort ein.

Als wir am nächsten Tag aus Tbilissi hinausfuhren, war keine einzige Wolke am Himmel. Doch auf der Autobahn zog es sich Richtung Osten hin zu. Unterwegs nahmen wir bis zum Dorf Udabno einen alten Swanen mit, der im Auto einen starken Geruch von Kuhmist und Schweiß verbreitete.

Der Mann erzählte uns, dass die Swanen Anfang der Achtziger von den Kommunisten hier ins Tal nach Kachetien umgesiedelt worden waren, als es im Hochgebirge Swanetiens außergewöhnlich starken Schneefall gegeben hatte. Nur die Spitzen der mittelalterlichen Wehrtürme seien damals noch zu sehen gewesen. Die Schneeoberfläche sei durch die Kälte so gehärtet worden, dass die Traktoren darauf fahren konnten.

Als wir den Alten vor seinem Haus absetzten, bat er uns hinein. Nun, da wir schon so weit gefahren waren, könnte der Franzose gleich die Gelegenheit nutzen und das georgische Dorfleben kennenlernen, dachte ich mir. Hinter dem Zaun erwartete uns eine echte Fellini-Szene wie aus »Amarcord«. Eine Szene, die aus der Endfassung herausausgeschnitten worden war.

Im Hof standen zwei kleine, unverputzte Häuser. Allem Anschein nach wurde eines davon als Kuhstall verwendet, obwohl es ein ganz normales Wohnhaus war: gemauert mit weißen Ziegeln, ein Messingvordach über dem Eingang, auf dem Spitzdach ein Schornstein mit Zinkschirm, der wie ein Pilz aus den Dachziegeln herausgewachsen war. Und aus dem Fenster schaute eine Kuh.

»Dort haben wir vorerst einen Stall eingerichtet«, sagte der Mann. »Kommt, ihr müsst den Wein probieren.«

Indessen brüllte die Kuh, weil sie ihren Herren erkannt hatte.

»Vielen Dank, aber wir haben es eilig«, sagte ich und schaute zum Himmel, »es wird bald regnen.«

»Ich kann euch doch nicht so gehen lassen«, erklärte der Alte sichtlich enttäuscht, aber auch nicht so sehr, dass wir hätten zwingend einwilligen müssen. »Ich habe guten Rotwein, die Odessasorte«, sagte er schließlich.

»Na gut, ein Gläschen kann nicht schaden«, gab ich schließlich nach.

Während der Hausherr drinnen beschäftigt war, kroch irgendwo eine kleine Hündin hervor. Geduckt und etwas verängstigt näherte sie sich schwanzwedelnd und beschnüffelte uns beide. Dann streckte sie sich vor uns auf dem Boden aus, hechelte und drehte sich auf den Rücken. Ihre wie Feigen verschrumpelten Zitzen ließen erkennen, dass sie mehr als einen Wurf gestillt hatte. Der Franzose kniete sich sofort vor der Hündin hin und streichelte ihren rosa Bauch. Die Hündin wedelte nun heftiger mit ihrem Schwanz und fegte wie mit einem Besen den Boden.

Der Mann trat mit einem Tonkrug und drei Gläsern, die mit der Öffnung nach unten auf dem Teller standen, aus dem Haus. Darauf lag auch eine dünne Tschurtschkela, und ich erklärte dem Franzosen, der es für eine Kerze hielt, es sei Traubensaftgelatine mit Walnüssen gefüllt. Der Wein war nicht besonders gut, eher säuerlich. Der Franzose bekam vom Odessawein ganz dunkelrot gefärbte Lippen.

Als wir die engen Serpentinen des Garedscha-Bergs hochfuhren, war der Himmel schon von dunklen Wolken verhangen. Kaum dass wir das letzte Stück zu Fuß gemacht und oben angelangt waren, blitzte und donnerte es und die ersten Tropfen fielen auf uns herab. Da man von diesem Berghang ohnehin nur schwer runterkommt und es bei Regen fast unmöglich wird, schafften wir es nicht mehr zu den Felsenhöhlen und den alten Fresken. Deshalb weiß ich bis heute nicht, ob die Maria in den Garedscha-Höhlen Zwillinge auf dem Arm hat oder nicht. Stattdessen stiegen wir wieder ab und schauten dabei rüber nach Aserbaidschan. Nichts Besonderes: Durch die grauen und kargen Steppen wehte der Wind und wickelte die trockenen Gräser und Sträucher zu Bällen auf.

Auf einmal blieb der Franzose stehen, um Luft zu schnappen. Keine Menschenseele weit und breit. Hinter ihm erstreckte sich das Wüstenpanorama. In diesem Moment sah er auf einmal wie ein Kleinkrimineller aus, am Ende der Laufbahn, ohne dabei je besonders weit nach oben gekommen zu sein: zerfetzter Mantel, khakifarbene Hose, die ihm viel zu groß war, schmuddliger Dreitagebart, braune Sonnenbrille, die er offenbar nie absetzte, vermutlich wegen seiner Glubschaugen. Um seinen dünnen Hals hing nicht etwa ein violetter Schal, sondern etwas, das so wirkte wie ein alter Lappen. Und sein graues, zerzaustes, vom Kopf abstehendes Haar erinnerte an diesen lustigen Vogel, den Wiedehopf.

Als wir auf dem Rückweg das Dorf Udabno passierten, regnete es in Strömen. Ich lenkte meinen Honda Civic eher nach Gefühl, als dass ich etwas hätte sehen können. Die sonst schon verstaubte Asphaltstraße war mit Steinen und Erdklumpen bedeckt, die von den Hügeln runtergespült worden waren. Der Franzose saß neben mir und tippte einen verdächtig langen Text in sein Handy.

Passend zur Situation hätte ich gern etwas Französisches gespielt, ein Chanson, Hauptsache melancholisch. Irgendwo im Auto lag sogar eine Kassette mit den Liedern von Françoise Hardy herum, aber ich konnte sie nicht finden. Und so sang zum Geklimper der Regentropfen auf dem Autodach die kratzige Stimme von Billie Holiday: *It's Easy to Remember (And So Hard to Forget).*

* * *

Mein iPhone hat in der Nacht den Geist aufgegeben. Wie jemand, der bei bester Gesundheit zu Bett geht und nicht wieder aufwacht. Ich bin seit heute Morgen unterwegs, habe es diesem und jenem gezeigt, aber es konnte nicht wiederbelebt werden. Das Einzige, was man mir sagt, ist, dass so etwas hin und wieder vorkäme. Nun gibt es mein digitales Notizbuch nicht mehr. Um die Musik und die Fotos tut es mir nicht leid, aber um die jahrelang eingetragenen Notizen. Ich versuche erfolglos, mich zu beruhigen: Wenn die Bibliothek von Alexandria abgebrannt ist, was sind da schon meine Notizen?

* * *

Am Mauerpark gibt es in der Oderbergstraße einen kleinen Laden für alte DDR-Produkte. Hier findet man alles Mögliche: ob

Flaschenöffner oder NVA-Mützen, verschlissene Frauenzeitschriften oder Nickeltaschenlampen. Aber auch Freia-Nähmaschinen und Sitzgarnituren. Die Sachen liegen wild durcheinander herum, und man muss gründlich suchen, um etwas Ordentliches zu finden.

Beim Wühlen habe ich gestern Reproduktionen von Lukas Cranach gefunden, die 1972 in Dresden gedruckten wurden. Es handelt sich um eine Sammlung mit sechzehn Lithographien in der Größe 35 x 48 cm. Sie sind in einem sehr guten Zustand, riechen nur leicht nach Staub und Moder. Ich hätte auch mehr bezahlt, aber dieses wunderbare Stück kostete nur fünf Euro.

In der Straßenbahn entfernte ich vom Umschlag das Preisetikett, das einen kleinen weißen Abdruck hinterließ. Scheinbar war das Cranachalbum schon länger versteckt, zwischen der Platte von Fred Frohberg und der inzwischen bedeutungslosen DDR-Zeitschrift mit einem Trabant Lux auf der Titelseite.

Während ich mir die Reproduktionen von Cranach anschaute, musste ich an »Die Abenteuer des Baron Münchhausen« denken. Ein Buch aus der fernen Vergangenheit, dass mich einst dazu gebracht hat, Maler zu werden. Die georgische Ausgabe von 1974 war mit Tuschezeichnungen von Dimitri Chachutaschwili illustriert, die mich als Kind sehr beeindruckt haben. Ich weiß noch, wie ich vergeblich versucht hab, diese Bilder nachzuzeichnen.

Etwa zu dieser Zeit entdeckte ich auch Wachtang Kutsia. Das war ein ganz anderes Thema, aber die satirisch-humoristische Zeitschrift »Niangi« (Krokodil) war die einzige, deren neue Ausgabe ich kaum erwarten konnte. Besonders aber die Karikaturen von Kutsia. Die Signatur »WK« in der unteren rechten Ecke seiner Bilder war für mich eine Art Markenzeichen. Damals kannte ich Dürers und Cranachs Zeichnungen noch nicht. Keine Ahnung, wie alt ich damals war, auf jeden Fall noch vor dem Alter, in dem man sich für Dalí begeistert. Letzterer ist wie eine Kinderkrankheit, die man hinter sich bringen muss. In der Jugend sind viele von seinen zerlaufenden Uhren und Elefanten auf Stelzen fasziniert, doch die Begeisterung lässt schnell nach. Mir ging es jedenfalls so. Aber den »Münchhausen« und die Zeitschrift »Niangi« habe ich bis heute in guter Erinnerung. Ihretwegen habe ich noch eine ganze Weile gezeichnet, und mein Weg führte schließlich bis zur Akademie der Künste, wo mir die Lust am Malen völlig verging. Im Grunde haben Chachutaschwili und Kutsia mich stärker geprägt als die gesamte Zeit an der Akademie.

* * *

Morgen früh habe ich einen Termin bei Doktor Floßdorf. Ich soll mit nüchternem Magen erscheinen und eine Sonde schlucken, da die Zahl meiner weißen Blutkörperchen zu stark gestiegen ist. Aber wie soll die Sonde verstehen, dass meine Haut am Bauch von den Injektionen tagtäglich wunder wird und ich bei jeder Berührung das Gefühl habe, es sei Sandpapier im Spiel. Dass der Eisengeschmack im Mund immer intensiver wird, immer mehr bunte Flecken in mein Sichtfeld treten und das Summen in meinen Ohren lauter und lauter geworden ist, als würden die Mücken in meinem Kopf ein Fest geben? Ganz zu schweigen von den Schmerzen in den Knien, die sich nachts verschlimmern. Wird die Sonde denn wenigstens verstehen, dass ich tagtäglich immer mehr Lust verspüre, meinen Popo zu pudern?

* * *

Gestern haben wir für die georgische Fernsehsendung »Der Schwere Mann« gedreht. Ein Interview auf der Aussichtsplattform des ehemaligen Flakturms im Humboldthain. Ursprünglich wollte der Schwere Mann das Interview unbedingt auf dem Dach des Reichstagsgebäudes führen, hat aber sofort eingewilligt, als ich den Flakturm vorschlug. Die Position war gut, aber die Tageszeit ungünstig. Bis der Kameramann den Ton reguliert, Kamera und Bild eingestellt hatte, war mir fast schwindlig vor Hunger. Indessen drehte sich der Schwere Mann einen breiten, langen und trichterförmigen Joint, fast so groß wie die Fackel des Olympischen Feuers. Diesen zündete er sich in aller Ruhe an und zog den Qualm so tief ein, dass ich dachte, der verrückte Kerl würde gleich davonfliegen.

Um uns herum strömten die Touristen vorbei. Eine Frau mit Krampfadern an den Beinen und kurzem grauem Haar, mit rosa Shorts und hellblauen Gummisandalen, betrachtete ganz Berlin sehr aufmerksam durch das Fernglas vom Turm aus und fragte uns schließlich taktvoll, ob sie denn auch ein, zweimal am Joint ziehen dürfe. Der Schwere Mann nahm noch einen Zug, behielt den Rauch in der Lunge und steckte ihr den Joint so zwischen die Finger wie ein Gläubiger eine Kerze in den Kerzenständer. Leicht besorgt, sie könne fallen.

Ich muss gestehen, dass mich diese Frau tief beeindruckt hat, auch wenn ich das Kiffen für eine sehr blöde Beschäftigung halte. Sie führte den Joint wie eine volle Flasche zum Mund, zog stark, inhalierte aber nicht sofort, sondern blies erst leicht durch den Mund aus und atmete den Rauch durch die Nase wieder ein. Dabei lächelte sie uns an, als wenn ihr unsere Gesellschaft zugleich angenehm und irgendwie peinlich war.

»Aus Italien?«, fragte sie zwischen zwei Zügen.

»Aus Georgien«, erklärte ihr der Schwere Mann.

»Ach so«, die Frau zog noch einmal und gab den Joint zurück. »Gutes Ganja!«, lobte sie und verabschiedete sich lächelnd.

»Na, das war eine Frau, mein Freund.« Der Kameramann schaute ihr und ihren Krampfadern nach und saugte so genüsslich am Joint wie an einer jungen Brust. Dann hob er die Augenbrauen, um sich zu vergewissern, dass ich wirklich nicht ziehen wollte. Ich habe bisher nur sehr selten und in ganz besonderen Fällen Cannabis geraucht. Ich stehe eher auf Mohn und liebe alles, was mit Mohn gemacht wird: Mohnmilch, Mohnbrötchen und Lieder über den Mohn. *Schwarz ist meine Farbe / Ich ziehe durch Felder und Wiesen / Die alte Tasche füllte ich mit Mohn / Den kochte und spritzte ich mir / Der änderte meine Farbe.*

Aber das ist ein anderes Thema. Dem Kameramann antwortete ich kopfschüttelnd.

Der Schwere Mann war vor ein paar Tagen aufgetaucht und hatte mich besucht. Er war in Berlin unterwegs und wollte die erfolgreichen Georgier in dieser Stadt interviewen. Ich kenne den Schweren Mann noch aus der Zeit, als er nicht schwer war. Deshalb wunderte ich mich ein wenig darüber. In Berlin leben zwar viele Georgier, aber erfolgreich ist nur einer: Andro Wekua. Der Schwere Mann hatte alles versucht, konnte ihn aber nicht erreichen. Andro Vekua ist ein viel größeres Schwergewicht als der Schwere Mann. Wenn du wie Leonid Breschnew in der Garage eine Kollektion von exklusiven Automobilen stehen hast, eine Armbanduhr von Franck Muller trägst, wie Roman Abramovitsch und hin und wieder von Boris Groys wie von der eigenen Großmutter angerufen wirst, wird dir der Schwere Mann aus Tbilissi automatisch etwas leichter vorkommen.

Deshalb mussten sie mich und den Regisseur Bidsina Kantschaweli interviewen. Das Komische bei der Sache ist, dass alle alles wissen, ich, Bidsina und der Schwere Mann. Wie erfolgreich sind wir schon, Bidsina und ich? Aber diese Interviews sind ja für Tbilissi gedacht. Und dort zählt es schon als Erfolg, überhaupt aus Georgien herausgekommen zu sein.

* * *

Mein Märchen für Alissa Chihiro, das Salomé sofort in Stücke gerissen hat:

Es war einmal ein Dorf, in dem zwei Männer lebten – Ivan Pawlow und Erwin Schrödinger. Ivan hatte einen Hund und Erwin eine Katze. Der Hund und die Katze verhielten sich wie Hund und Katze zueinander. Sie triezten sich gegenseitig unablässig. Den Rest der Zeit über versuchte der Hund, sich in den Schwanz zu beißen, die Katze aalte sich in der Sonne und leckte sich die Tatzen. Ivan und Erwin hielten auch nicht sehr viel voneinander, waren aber auch nicht verfeindet. Frühmorgens fuhren Ivan und Erwin in die Nachbarstadt zur Arbeit, am Abend kehrten sie zurück.

Eines Tages verließen Ivan und Erwin frühmorgens das Haus und kamen nicht wieder. Am folgenden Tag ging der Briefträger durch das Dorf und warf in die Briefkästen von Ivan und Erwin je eine Postkarte. Auf der einen war eine Matroschka abgebildet und auf der anderen ein junges Paar aus wohlhabenden Verhältnissen: die Frau mit einem unter dem grünen Kleid unzweifelhaft gerundeten Bauch, der Mann mit einem weinroten Umhang und einem riesigen Zylinder. Hinter ihnen an der Wand war ein runder Spiegel, der sie von hinten zeigte.

Die erste Postkarte:

*Werter Herr Pawlow,*

*Aus familiären Gründen musste ich unerwartet verreisen. Könnten Sie sich bitte bis zu meiner Rückkehr um meine Katze kümmern. Alles Weitere erkläre ich Ihnen später.*
*Hochachtungsvoll,*
*Erwin Schrödinger*

Die zweite Postkarte:

*Werter Herr Schrödinger,*

*Aus familiären Gründen musste ich unerwartet verreisen. Könnten Sie sich bitte bis zu meiner Rückkehr um meinen Hund kümmern. Alles Weitere erkläre ich Ihnen später.*

*Hochachtungsvoll,*
*Ivan Pawlow*

Leider gab es keinen, der diese Postkarten hätte lesen können. Es verging ein Tag, noch ein Tag und der darauf folgende Tag. Aber weder Ivan und noch Erwin kehrten zurück. Dem Hund und der Katze ging allmählich das Futter aus. Mit der Zeit magerten beide ab und wurden ganz dürr.

Doch der Pawlowsche Hund hatte sich einmal für alle Fälle einen sehr schmackhaften Knochen im Garten vergraben. Diesen Knochen bewachte er wie seinen Augapfel. Tagsüber grub der Hund den Knochen aus, leckte daran und versteckte ihn dann wieder. Um ihn besser zu bewachen, legte er sich immer oben drauf. Wenn der Pawlowsche Hund von seinem Knochen träumte, lief ihm im Schlaf das Wasser im Mund zusammen.

Ivan und Erwin waren immer noch nicht zurückgekommen. Schon bald begannen der Hund und die Katze vor Hunger zu halluzinieren. Dem Hund erschienen seltsamerweise irgendwelche Dokumente, ausgestellt für einen gewissen Scharikow. Der Katze erschienen indes hohe Lederstiefel. An der Gartenlaterne zwischen den beiden Höfen fing irgendwann die alte Glühbirne an zu flackern. Sie leuchtete bei jedem Windstoß auf und erlosch wieder. Doch es war keiner da, der sie hätte auswechseln können.

Eines Tages kroch die vor Hunger völlig ausgemergelte Katze in ein altes Kakaopäckchen, das verschlissene Ecken hatte und auf Schrödingers Veranda lag. Sie schlief sofort ein. Das Kakaopäckchen war alt, aber man konnte auf dem Etikett immer noch das Bildnis einer Frau erkennen, die ein Tablet mit einem Päckchen hielt, auf dem sie selbst abgebildet war.

In der gleichen Nacht träumte der Pawlowsche Hund, dass Schrödingers Katze ihm den Knochen gestohlen hatte. Der Pawlowsche Hund wachte schweißgebadet auf und machte sich sofort daran, den Knochen auszubuddeln. Der Hund grub und grub und grub schließlich die Katze aus, das heißt das alte Kakaopäckchen, in dem die verhungerte, halbtote und halblebendige Katze lag. Der vom Flackern der Glühbirne irritierte Pawlowsche Hund begriff nicht, ob er von Schrödingers Katze geträumt hatte oder ob Schrödingers Katze vom Knochen geträumt hatte, von dem er, der Hund, träumte.

* * *

Mein georgischer Verleger Bakur Sulakauri[19] ist ein sehr direkter Mensch. Nachdem er diese Notizen gelesen hatte, fragte er mich sofort, für wen ich das alles schreiben würde. Welchen allgemeinen Wert meine Tagebücher hätten, da ich weder Stephen King noch Stephen Hawking sei. Die Frage konnte ich ihm nicht beantworten. Ich schämte mich, zugeben zu müssen, dass ich zum ersten Mal nicht konkret wusste, für wen ich schrieb.

Ich weiß nur, dass ich schreibe, um die Leere zu füllen, die ich mit jedem Tag stärker verspüre, ein Vakuum um mich herum und in mir selbst. Natürlich bin ich nicht der Einzige, der die Vergangenheit in sich und mit sich herumschleppt wie eine Flaschenpost auf offener See, wobei es fraglos ist, dass die darin enthaltene Nachricht keinen allgemeinen Wert hat. *Natürlich bin ich nicht der Einzige, dem wieder schwankende Gestalten sich nähern, die früh sich einst dem trüben Blick gezeigt.* Ich weiß aber auch, dass meine Heimat, meine Stadt, meine Straße, mein Haus, mein Zimmer, mein Bett und mein Kissen durchdrungen sind von meinem Leid und meiner Freude und nur für mich eine Bedeutung haben. In Tbilissi hatte ich immer das Gefühl, mich nicht unter Menschen, sondern in einem Spiegelkabinett zu befinden. Regelmäßig sah ich mich selbst, gespiegelt in den Reaktionen der anderen. Das hat mich erfüllt. Besser gesagt: bestimmt. Heute habe ich das Gefühl, in einer möblierten, aber leeren Wohnung zu leben. Ich schreibe all das hier also vermutlich für diejenigen, die schwer an Nostalgie leiden – schön und entsetzlich, dunkel und farbenfroh, überflüssig und unvergesslich –, die sie mit sich herumschleppen wie eine Schnecke ihr Haus.

* * *

Gestern ist David Bowie gestorben. In Berlin hängen seit heute Morgen überall Poster, auf denen uns der Chamäleon-Mann zuruft: »Let's Dance!« Bowie ist über und unter der Erde, an den

Fassaden der Häuser und den Werbetafeln der U-Bahnhöfe. Sicher werden seine Bühnenkostüme schon sehr bald im Martin-Gropius-Bau ausgestellt. Seit heute Morgen erklingen an jeder Ecke die Bowie-Lieder – im McDonald's oder aus dem Taxi im Vorbeifahren, im Kaufhausfahrstuhl oder in den WCs der abgelegenen Cafés. »Let's Dance!«, fordert genau der, der sich schon zu Lebzeiten in ein Museumsobjekt verwandelt hat.

* * *

Meine Mutter fragte mich neulich über Skype, sehr zu meiner Überraschung, ob ich denn Tbilissi nicht vermissen würde? Ich wusste nicht sofort, wie ich ihr erklären sollte, dass ich zum Beispiel den leckeren Mazoni-Joghurt und das georgische Fladenbrot überhaupt nicht vermisse. Ich kaufe jeden Morgen bei dem Türken um die Ecke heißes Fladenbrot und Ayran, der mit Mazoni verwandt ist. Ich verspüre auch kein besonderes Verlangen nach Imeretinischen Khatchapuri, aus dem der heiße Käse quillt wie Eiter aus einem Pickel. Kulinarische Nostalgie ist mir völlig fremd. Das Bordschghali vermisse ich auch nicht. Sobald mir die Swastika fehlt, besteige ich den Flakturm. Hierzulande wehen schon längst keine Swastikafahnen mehr, doch sie werfen immer noch einen Schatten. Dafür vermisse ich die Straßenfeger, die am frühen Morgen in der Stadt ausschwärmen. Natürlich gibt es in Berlin auch Straßenfeger, aber sie sind bei Weitem nicht so artistisch wie unsere. Der Berliner Straßenfeger reinigt die Bürgersteige gründlich, als bereite er die Stadt für einen chirurgischen Eingriff vor, der Tbilisser benützt den Besen wie der Künstler einen Pinsel. Trotzdem liegt in Tbilissi und in Berlin gleichviel Müll herum. Zwar behaupten böse Zungen, dass der Georgier gern im Müll lebt und Tbilissi einem Müllhaufen gleicht, aber wer glaubt schon daran. Was macht es für einen Unterschied, wo man lebt? Ein Engel ist auch im Schweinestall ein Engel und ein Schwein wird auch im Himmel ein Schwein sein.

Ich vermisse auch die Tbilisser Straßenhunde, die wie Gespenster an einem vorbeirennen, wenn eine Schar Männchen ein läufiges Weibchen verfolgt. Ich vermisse die Tbilisser Häuser. Auch hier in Berlin gibt es zwar ein paar sehr schön klingende Straßennamen, zum Beispiel die Kastanienallee oder die Fasanenstraße. Doch das ist nichts im Vergleich zu unseren, zum Beispiel der Spritzerstraße, der Freudestraße oder gar der Metamorphosenstraße, der Himmelfahrtsstraße und der Straße der Herrenverklärung. Ich vermisse die Atarbegowstraße und insbesondere die Wohnung meiner Großmutter, die im Dezember 1991 abgebrannt ist, wie so viele andere Häuser im Mtatsmindaviertel. Ich vermisse sogar die Zeit, als die Opposition schwer bewaffnet einen Monat lang das georgische Parlamentsgebäude beschoss, um den ersten Präsidenten Zwiad Gamsachurdia und seine Regierungsmitglieder zu töten. Sie benutzten dafür auch Leuchtspurmunition. Solche Geschosse werden von der Artillerie verwendet, damit der Schütze die Flugbahn der Kugel sieht und besser korrigieren kann. Die Kugeln waren mit einem speziellen pyrotechnischen Stoff gefüllt, der sehr leicht entflammbar war. Und so brannten damals im Mtatsminda-Viertel viele Häuser ab. Während dieser Belagerung schien die Stadt viel eher einem ausschweifendem Neujahrsfest zu gleichen. Unser Bürgerkrieg war ein »Krieg der Sternchen«, besonders bei Stromausfall, wenn die Stadt in Finsternis versank und am Himmel wie Laserscheinwerfer rote und grüne Streifen aufleuchteten. Eine Anmutung von Gotham City hatte es auch, nur ohne Batman. Vielleicht gab es auch irgendwo einen einheimischen Batman, und es wusste nur niemand, wie man ihn rufen sollte. Und ich vermisse die Sonne. Ich vermisse die Sonnenstrahlen, die einem frühmorgens im Halbschlaf angenehm rosa zwischen die Augenlider schleichen. Wie anders klingt im sonnenarmen Berlin das Lied »Tbilissi – Stadt der Sonne und Rosen«.

Erst ganz am Ende verstand ich, dass meine Mutter auf etwas ganz anderes hinauswollte. Als ich ihr schließlich sagte, dass ich eher sie als Tbilissi vermisste, schien sie das sehr zu freuen.

⋆ ⋆ ⋆

Salomé und Alissa Chihiro schlafen seelenruhig. *Alles schläft. Gemächer, Betten, Wände, Bilder schlafen, Tisch, Teppich, Schlösser schlafen, Tür, Büfett, Gardinen, Riegel, Kerzen, Mantelhaken. Nichts, das nicht schliefe: Schüssel, Flaschen, Uhr, Brot, Messer, Porzellan, kristallene Schalen. Nacht überall: in Ecken, Augen …* ding dang dong, ding dang dong.[20]

Ich schrecke hoch, spüre einen Magenkrampf, mir ist schlecht. Keine Ahnung, was ich im Schlaf gesehen habe. Ich schaffe es nicht mal aus dem Bett und erbreche den warmen Schleim direkt auf meine Brust. Wer weiß, wozu das gut ist, was es überhaupt ist, eine Schutzreaktion des Organismus, ein angeborener Reflex, der irgendwo tief schlummert?

Es ist weniger ein Erbrechen, sondern ich würge irgendwo aus der Tiefe eine feuchte Kugel hervor, die wie Phosphor leuchtet, wie ein kompliziertes chemisches Gemisch, Brennstoff-Isotope. Das grünschimmernde, schleimige Knäuel auf meiner Brust ist die Bestätigung. Ich verspüre im Mund einen altbekannten Geschmack, kann mich aber nicht entsinnen, was es ist. Die glitschige Kugel gleicht einer Qualle, die auf meiner Brust gestrandet ist. Sie leuchtet hellgrün, wie ein moosbedeckter Stein im Fluss, den die Sonne bestrahlt. Ich schaue gebannt auf das Leuchten.

Wie früher, wenn ich mich im Schrank verkrochen, in der dunklen Toilette eingeschlossen oder unter der Bettdecke versteckt und das Leuchten der Phosphornadel meines Kompass' beobachtet habe; voller Konzentration und Erwartung. Das war reines Interesse. Wie wenn ich den Fliegen die Flügel ausgerissen habe. Natürlich war ich kein Fiesling, sondern wollte nur wissen, was das bedeutete. Neugier ist stark, viel stärker als der Jagdinstinkt. Es musste doch mehr passieren als nur das Leuchten. Warum hätte die Nadel sonst so viel Zauber entfalten können.

Ich schaue auf das schleimige Knäuel auf meiner Brust und begreife plötzlich den Geschmack in meinem Mund. Es ist der Geschmack meiner Kindheit, wie von einem Kaugummi, den man zu lange gekaut hat. Das Knäuel glimmt schwach, wie die Leuchtanzeige während der Filmvorführung im dunklen Kinosaal über der Tür mit der Aufschrift: EXIT.

NINO HARATISCHWILI

# LANDSCHAFTEN DES EXILS

Als ich anfing, »Touristenfrühstück« zu lesen, saß ich im Zug, und als ich das Buch beendete, ebenso. Im Nachhinein scheint mir, es hätte keinen idealeren Ort für die Lektüre dieses Buches geben können als einen Zug. Denn das Durchqueren von verschiedenen Landschaften schien das, was ich im Buch las, in einer unglaublich harmonischen Weise zu visualisieren. Dabei lösten sich die realen Landschaften, das verregnete deutsche Märzgrau, nach und nach auf und wurden durch die inneren Landschaften, in die Zaza in seinem neuesten Werk einlud, ersetzt. Nun, so ganz stimmt das natürlich nicht, er lud einen nicht ein, im Gegenteil. Er schien gleich auf der ersten Seite dem Leser deutlich zu machen, dass er es sich hier auf gar keinen Fall gemütlich machen sollte, es ist kein Ort, wo man eintauchen und kurzzeitig die Realität um sich herum vergessen kann. (Zumindest für die Leser, die ihm zum ersten Mal begegnen, denn die, die ihn bereits kennen, wissen allzu gut, dass seine Bücher und das Wort »Gemütlichkeit« zwei miteinander nicht zu vereinbarende Begriffe sind.)

Und dennoch lockten mich gleich die Anfangsseiten, unmerklich, schleichend in eine Welt, die er so mühelos, nahezu lapidar zwischen den zwei Buchdeckeln aufgebaut hatte. Dieser Eindruck des nahezu Beiläufigen entsteht zum einen durch die Tagebuchform des Romans und zum anderen durch das Spiel mit der Realität, in welchem der Autor vorgibt mit der Romanfigur identisch zu sein, indem er real existierende Personen und allen zugängliche Information über sich selbst und sein öffentliches (und vermeintlich privates) Leben uns zur Verfügung zu stellen behauptet. Aber da ich seine anderen Bücher ebenfalls kenne, habe ich mich gleich ganz anders gewappnet, habe mich nicht so schnell und leicht von diesem Spiel mit der Realität einlullen lassen, und dennoch ließen mir diese zumeist knappen, teils sehr detailreichen Alltagsbeschreibungen, Gedanken und Erinnerungen keine andere Wahl, als mich darauf einzulassen und mich auf die Reise in die inneren Landschaften eines realen oder fiktiven Zazas zu begeben. Eintauchen in diese Welt eines Autors, eines Mannes, eines Vaters, eines Freundes, eines Sohnes – und über all dem das markante Leuchten eines Wortes, wie die Leuchtreklame über irgendeiner billigen Spelunke, grell und summend: *Exil.* Das physische und innere Exil, das Exil, das man sich selbst verordnet, wie eine bittere und dennoch notwendige Medizin, das Exil, in das einen die äußeren Umstände nötigen, das emotionale Exil, in das man flüchtet, weil man sich nicht weiter an den spitzen Ecken und Kanten dieser Welt verletzen will. Jede Zeile in diesem Buch scheint durch diesen Zustand angetrieben, jede Zeile scheint diese Zerrissenheit zu kennen, jede Zeile trägt einen Verlust in sich und gleichzeitig eine Sehnsucht, etwas Neues zu finden, um dann gänzlich darin aufzugehen.

Und so verschwammen die realen Landschaften vor meinen Augen und wurden durch die Straßen ersetzt, auf denen Zaza auf und ab spazierte, durch Orte – in Tbilissi, wie in Berlin, wo er sich aufhielt, durch die Menschen – mir bekannt und unbekannt, die ihn umgaben, aufregten, verletzten und erfreuten, durch die Vergangenheit, die er nicht ganz abschütteln konnte und vielleicht wollte und die Gegenwart, die sich nicht wie eine logische und vor allem harmonische Fortsetzung ebendieser Vergangenheit anfühlte. Und so setzte bei mir schlagartig ein weiterer Effekt ein: Hinter diesen Straßen, diesen Orten, diesen Menschen, Zeiten, sah ich meine Straßen, Orte und Menschen, drehte meine eigene Uhr zurück und auch ich fand mich auf dieser Brücke wieder, auf der die Zaza-Figur das ganze Buch über zu schreiten scheint, dieser Brücke zwischen Tbilissi und Berlin, zwischen Ost und West, zwischen Damals und Jetzt. Bei mir war es keine Tbilissi-Berlin-, sondern eine Tbilissi-Hamburg-Brücke, aber die Ambivalenz und all die Differenzen, diese Unmöglichkeit, den Weltenspagat hinzukriegen und gleichzeitig die Sehnsucht, dies unbedingt schaffen zu wollen, schienen allzu vertraut.

Mit Zazas Worten begann ich gleichzeitig meinen eigenen Boden zu ertasten, mich zu fragen, ob er denn fester ist als seiner, ob unsere beiden Brücken nicht bloß Hängebrücken sind und nicht aus Beton und Stahl, wie wir dies zuweilen anzunehmen hofften.

Ob die ironisch-pointierten Passagen über den Berliner Alltag oder die sentimental-emotionalen Erinnerungen an eine Welt, die es so nicht mehr gibt, die Tage, Wochen und Jahre durchquerend, wie mein Zug die verregnete Landschaft, sie alle führten zu der unweigerlichen Frage, die er sich selbst zu fragen schien und die ich mich als Leserin ebenfalls zu stellen gezwungen sah: Was bedeutet Identität, derer wir meist so sicher sind, woraus setzt sie sich zusammen und aus welchen Erfahrungen, Bildern, Gerüchen, Erinnerungen, Auseinandersetzungen, Verletzungen, aus welchen Worten ist sie gestrickt? Welche Beschaffenheit hat sie und was passiert, wenn die Grundsäulen dieser Identität zusammenbrechen? Was passiert mit uns, wenn wir nicht mehr diese Selbstverständlichkeit besitzen? Und dabei ist es egal, ob diese Säulen zusammenbrechen, weil das System zusammenbricht, auf dem sie gestanden haben, wie es im Falle der georgischen Gesellschaft nach dem Zerfall der Sowjetunion geschah, oder ob es passiert, weil die individuelle Geschichte das so bestimmt.

Und doch fragte ich mich im gleichen Zuge, ob es denn so schlimm wäre, wenn sich unsere Brücken – seine und meine und die vieler Millionen anderer Menschen, die von einem Ort fortgingen, um irgendwo anders ein anderes, besseres Leben zu suchen, einen Platz für sich, eine andere Identität vielleicht auch, eine andere Sprache gar oder einfach eine andere Geschichte für sich – als Hängebrücken erweisen sollten. Wäre das nicht vielleicht eine Chance, eine Möglichkeit, die sich uns und unseresgleichen dadurch bieten könnte? Gerade wegen der Unsicherheit im Rücken, wegen des wackeligen Bodens unter den Füßen, Dinge aus einer anderen Perspektive zu sehen? Ist dieses Buch, trotz all der Traurigkeit, die in ihm steckt, trotz aller unerfüllten Sehnsucht, trotz aller unverarbeiteten Wut auf das, was hinter einem liegt und der Sorge um alles, was kommt oder eben nicht kommt, nicht ein Beweis für ebendiese Möglichkeit? Die Möglichkeit, aus ebendiesem Blickwinkel auf Berlin und Tbilissi zu schauen, in einer Weise, wie sie diejenigen, die diese Orte als so vollkommen *Ihre* anerkennen, niemals erleben werden. Auf die Menschen, die man dort zurück gelassen hat und denen man hier begegnet. Ist es nicht wunderbar, diese Freiheit, vielleicht gar ein bisschen die Narrenfreiheit zu haben? Ein bisschen, als wäre man für immer ein Kind, weil man keine Festigkeiten hat, weil Dinge in sich noch so viele weitere Möglichkeiten bergen und z. B. ein Tisch gar nicht nur ein Tisch sein muss, sondern auch ein Schiff oder ein Versteck sein kann – je nachdem, was man behauptet und was die Phantasie zuzulassen bereit ist.

Ich weiß, man könnte dieser Haltung eine gewisse Naivität vorwerfen, man könnte mir gewaltig widersprechen und mir weismachen, dass es besser wäre, in diesem Zustand, in diesem *Leben auf der Brücke* – die Tragödie der Heimatlosen zu erkennen. Aber was bedeutet denn der Begriff der Heimat im 21. Jahrhundert, in der Welt, in der wir nun mal leben und die immer enger rücken wird, in der die Grenzen und Stacheldrähte die Menschen nicht daran hindern und auch weiterhin nicht hindern werden, eine neue Heimat für sich und die ihrigen zu suchen? Und ob es in Zukunft nicht vielmehr so sein wird, wie Zaza es beschreibt, als er meint, Berlin sei einer Art Rubbellos, in dessen Kern sich Tbilissi verstecke, man müsse nur lange genug rubbeln …

Wenn ich Zazas vorherigen Texten etwas vorzuwerfen gehabt hätte, wäre es eine Gnadenlosigkeit, die mich zugleich angezogen und abgestoßen hat. Eine Gnadenlosigkeit in erster Linie der Gesellschaft gegenüber, die er beschrieb, die blanke Verachtung gegenüber den Lebenslügen und Heucheleien, mit denen sich seine Protagonisten umgaben. Oder besser gesagt: die Unbarmherzigkeit, die er beim Be-Schreiben an den Tag legte. Aber in diesem Buch der Erinnerungen, der Hoffnungen, der Ängste, in diesem Buch irgendwo zwischen Ost und West, Gestern und Heute, Tbilissi und Berlin, kommt neben dem für Zaza Burchuladze typischen Sarkasmus und der Gnadenlosigkeit etwas Neues hinzu: Obwohl er auch in diesem Buch seinen Figuren und vor allem seinem Alter Ego mit einer respekteinflößenden Ehrlichkeit begegnet, ist er auf einmal imstande, ihnen zu vergeben. Als sei es ihm das erste Mal möglich, den Menschen das Menschsein zu verzeihen. Vielleicht aber in erster Linie sich selbst.

## ANMERKUNGEN

1 Das Lied, das ähnlich wie bei »We are the world« von einem Zusammenschluss der bekanntesten (georgischen) Musiker eingesungen wurde, lautet: »Vachuqot Ertmanets Titebi« (schenken wir einander Tulpen).

2 Das Zitat ist ein Medley aus Liedzeilen der bekanntesten georgischen Volkslieder, die Zusammenstellung stammt vom Autor. Die zitierten Lieder sind: Merab Sepaschwili »Tetri rashi«, Lela Sixarulidse »Irinola«.

3 Ein altes georgisches Sprichwort sagt, dass man, wenn man gehört werden will, seine Wünsche offen aussprechen soll und nicht nur für sich behalten darf. Amirani (ამირანი) ist der Name einer mythologischen Figur des georgischen Epos. Sie spielt zwischen 2000 und 3000 v. Chr. zum Beginn der Eisenzeit. Der Mythos ähnelt in seinen Grundzügen dem des Prometheus. Im Zentrum steht Amirani, der Gott erzürnt, weil er den Menschen zeigt, wie sie Metall verwenden können. Daraufhin wird er bestraft und an das Kaukasusgebirge gefesselt. Tagsüber frisst ein Adler seine Leber, nachts wächst sie nach.

4 Aus dem Lied von Gogi Cabadse, »Guli Mgeris«. Derzeit ist dieser Dichter in Georgien wegen seiner blasphemischen Gedichte nicht sehr beliebt, seine Gedichte in den Bibliotheken, aber auch online kaum zu finden.

5 Meliton Balanchiwadse (1863–1937) war ein georgischer Komponist und Volksliedsammler.

6 Aus dem georgisch-sowjetischen Volkslied »Muchambasi« (მუხამბაზი) von Dschansug Kachidse.

7 Tariel Tschanturia, »Qristes gavtsvli satanashi …«

8 Salomé Jashi, Bachmaro (2013).

9 Die Ischkhneli-Schwestern waren ein vokales Quartett Anfang bis Mitte des 20. Jahrhunderts, die die dreistimmige städtische Folklore professionalisiert und weiterentwickelt haben. Hamlet Gonaschwili (1928–1985) war ein renommierter Tenor georgischer Lieder, der die Volkslieder klassisch interpretierte.

10 Irakli Charkviani (1961–2006), auch unter dem Pseudonym Mepe bekannt, war ein Autor und Musiker, der durch sein exzentrisches Image und seine eklektische Musik (von Alternative Rock und Hip Hop bis Elektro) berühmt wurde.

11 Dutu Megreli. »Me patara qartveli var«.

12 »Mein liebes Land«, 1872 von Ilia Tschawtschawadse.

13 Fürst Ilia Tschawtschawadse (1837–1907) war ein georgischer Dichter, Dramaturg und Journalist. Er war eine der Leitfiguren der georgischen Nationalbewegung.

14 Das Lied stammt aus der Trickfilmserie »Komble« (კომბლე), die zwischen 1979 und 1982 produziert wurde und große Bekanntheit erlangte.

15 Petre Gruzinksi (Prinz Petre Petres dze Bagrationi Gruzinsky) (1920–1981) war ein georgischer Künstler und Nachkomme von Georg XII. von Georgien. Petres literarische Karriere begann 1933 unter dem Pseudonym Tamaraschwili. Gruzinsky wurde bekannt als Autor von Liedern von Revaz Lagidze, Giorgi Tsabadze und Giya Kancheli, unter anderen auch für Lagidzes »Tbiliso«, eines der bekanntesten georgischen Lieder, sowie für die sowjetische Kult-Komödie »Mimino« (1977). Gruzinsky wurde 1945 wegen anti-sowjetischer Aktivitäten verhaftet und bis 1948 in einer Anstalt für psychisch Kranke festgehalten.

16 Vorlage für diesen Absatz ist Wenedikt Jerofejews, »Die Reise nach Petuschki«, Piper Verlag München, 1976.

17 »Dem Wolf eine Predigt halten« ist eine Redewendung für überflüssige Moralpredigten.

18 Dawit-Garedscha ist ein georgisch-orthodoxes Kloster aus dem 6. Jahrhundert im Osten Georgiens. Es liegt am Berg Udabno unmittelbar an der Grenze zu Aserbaidschan.

19 Bakur Sulakauri: Gründer und Verleger des Verlags Bakur Sulakauri, bei dem die Werke von Zaza Burchuladze erscheinen.

20 Collage aus Joseph Brodskys »Große Elegie an John Donne«. Das Gedicht wurde am 7. März 1963 abgeschlossen, ein Jahr vor Brodskys Verurteilung aufgrund »Sozialschmarotzertums«. Erstveröffentlichung unter dem Titel »Elegy to John Donne and Other Poems«, 1967 beim Verlag Longmans Green.

Blumenbar
Willkommen im Club